レモンと殺人鬼

くわがきあゆ

宝島社
文庫

宝島社

レモンと殺人鬼

第一章

死の激痛にのたうつ体を押さえつけ、切り裂く。

一

小林妃奈《こばやしひな》の部屋は真冬の独房のようだった。

一歩踏み込んだ私の歯はかちりと鳴った。寒い。背骨が氷柱《つらら》になったような心地がする。

それは、ここ数日で急激に気温が下がったせいばかりではない。部屋は二ヶ月ほど無人のまま捨て置かれていたので、壁や床が冷えきっているのだろう。

また、妹の遺品を整理しなければならないという私の心理的な問題も大きい。

私は足下に空の段ボール箱を置いた。うっすら積もっていた埃《ほこり》が舞い上がり、また力なく床に落ちていく。

主《あるじ》を失った部屋は、しかしそれ以前から、歯の疼《うず》くような寂しさを纏《まと》っていたのではないか。妃奈の住居を訪れたのは初めてだが、私はそんな気がしてならない。自分の部屋に似ているからだ。

私は改めてワンルームを見回した。必要最低限の家具に少ない日用品。その日用品も実用性を重視した色とデザインでまとめられている。何か思想信条があるわけではなく、単に予算がないからだ。ホームセンターや百円均一ショップでものを揃《そろ》えるとだいたいこういう感じになる。

ベッドの前に膝をつく。ベッド脇に置かれた数冊の本やノート、小さなぬいぐるみなどが妃奈の人となりを示す形見となるだろうか。ベッド下の収納ケースには衣類が入っているようだ。こちらはまとめてリサイクルショップへ持っていくべきか。とりあえず、すべてを段ボール箱に詰めていく。

妃奈の訃報に接したのは数日前だ。警察から知らされた。つまり、ふつうの死ではなかった。

山中で遺棄された遺体が発見され、ＤＮＡ型鑑定から妃奈だと判明したらしい。そこで彼女の唯一の肉親である私に連絡がきた。私は警察署に駆けつけたが、遺留品の確認を求められただけで、妹の顔は見せてもらえなかった。死後ずいぶんと経過していたため、遺体は傷みが激しかったようだ。

彼女の死因について、警察は私の前で言葉を濁した。後に報道で、刃物で刺されていたと知った。全身に受けた創傷は十数ヶ所に及んでいたらしい。犯人については現在、捜査中だという。

彼女に何が起こったのか。思いあたる節のない私は途方に暮れるばかりだ。

枕元を片づけ、収納ケースに手を伸ばす。見覚えのある燕脂《えんじ》色のトップスが出てきた。最後に妃奈と会った時に彼女が着ていた服だ。四ヶ月ほど前のことになる。

高校を卒業して以来、私と妃奈が顔を合わせるのは年に数回だった。私達はどちらも関東の地方都市である貝東《かいとう》市に住んでいたが、ひとり暮らしをしながら働いているとなかなか予定が合わないのだ。ぽつぽつとメールやメッセージで連絡を取り合い、会う時は駅前のタルトというファミリーレストランで夕食を取ることが多かった。そこはドリンクバーが安く、長居もしやすかった。

四ヶ月前も同じ店を利用した。繋《つな》ぎの味しかしないハンバーグや、やたらソースの赤いスパゲッティをつつきながら、私達は近況を報告し合った。

「もう本当に仕事辞めたい」と妃奈は言っていた。

「ノルマはきついし、残業は多いし。最近じゃ外回りが忙しくて、お昼ごはんを食べる暇もない。会社に戻ったら戻ったで、お局さま達からいびられるし。アイラインが太いとかパンプスのヒールが細いとか、毎回難癖つけてくるんだよ。むかつく」

彼女は保険外交員として働いていた。

「私も前の派遣先は似たようなものだったよ」と私は応じた。

「でも今は楽なんでしょ」

「まあ、前と比べると。生活はぎりぎりだけどね」

「それよ、それ」

妃奈はフォークを握りしめた手を振った。

「ちゃんと働いているのに、こんな安い給料でどうやって暮らしていけっていうわけ。人並みの買い物も付き合いもできないよ。今夜だって、本当はプリンパフェも頼みたいけど、これで我慢してる」

フォークの先でコーラのグラスを指す。ドリンクバーからもらってきたものだ。気持ちはよくわかる。私も、百円高いというだけで、食べたかったステーキを諦めてハンバーグにしたのだから。見せ合ったことはないが、私達の財布の中身にさしたる差はないだろう。

妃奈の方も私の心を読み取ったように、

「こんなこと、美桜《みお》にしか言えないけどね」と息をつく。

妃奈の職場には同年代の女子社員も働いているが、彼女達は皆、実家暮らしで給料をそのままお小遣いにしているような身分らしい。

「いいよね、ああいう人達は。こっちは毎月のやりくりを考えただけで胃が痛くてしょうがないのに」

「転職活動をする余裕もないしね」

「そうそう。職場の不満を言っている暇があったら自分を磨いてキャリアアップしろとかいうのは、完全に上から目線の発想だから」

「うん、前のところでもそういうお説教をするおじさんがいた。若いのがこんな不安定なところで働いていていてどうするって」

「うわ、うざい」

私達はソフトドリンク片手に、互いの職場の有害な人々の話でひとしきり盛り上がった。

それが一段落した後、

「どうしてこうなんだろうね」

妃奈が俯《うつむ》いてコーヒーを啜《すす》った。その色が移ったように、頬に陰ができていた。

「私達、怠けてるわけじゃない。一応頑張ってる。何か悪いことをしたわけでもない。でも、報われない。仕事はきついし、お金はない。大好きな彼氏もいなくなっちゃったし。世の中って不平等だよね」

何かに吊り上げられるように、ふと妃奈は目を上げた。

「昔はあんなに幸せだったのに」

私は黙って頷《うなず》いた。

互いに生活の愚痴を語り合う、いつも通りの会合だった。

ただ最後に、妃奈は私の胸にいつもとは違う漣《さざなみ》を立てた。

会計を済ませて店を出た後のことだ。

街路樹の間にぽつりぽつりと街灯の点《とも》る夜道を、駅まで並んで歩いた。その間、妃奈は妙に口数が少なくなっていた。

そして、駅の改札の前で別れようとした時、

「佐神《さがみ》が出てきたんだって」

ぼそりと言った。

妹の言葉が鉄球のように胸にめり込み、私は立ち止まった。しばらく息もできなかった。

ようやく、

「どういうこと」と問うた声は、ひどく嗄《かす》れていた。

「そのままの意味だよ」

「信じられない……まだ十年くらいしか」

「十年きっかりだよ」

妃奈の目は真っ黒だった。

「たった十年。それでおしまいだって」

信じられない、と私は繰り返すことしかできなかった。

「あいつはこれから好きに生きられるんだ。それなのに、私達の方はあのままで変われない」

私達は街路樹に同化したようにその場で立ち竦み、黙って目を見合わせていた。互いに心の中で同じ思いでいることはわかっていた。にわかに夜気が重みを増し、静けさがしんしんと身に染みた。立ち続けの足が痺《しび》れてくるほど、私達はそのままでいた。

最後に、妃奈がひとりごとのようにつぶやいた。

「何で――」

その言葉を今、私はがらんとした妹の部屋でなぞっていた。

――何で、私達ばかりがこんな目に。

目頭が熱くなった。手の中の燕脂のトップスに、ぎゅっと深い皺《しわ》が寄った。

二

最寄りの大学前駅から十五分ほどだらだらとした坂を下っていくと、石造りの校門が見えてくる。

門扉に刻まれた校名は風化してほとんど読めない。貝東大学は在学学生数が二千人に満たない小規模の私立大学だが、この地方では名門として知られている。

私は門をくぐってすぐ、

「おはようございます」と守衛室の窓に声をかける。ガラス越しに、同じ挨拶が返ってきた。

「おはようございます」

父親ほどの年齢の守衛が笑顔を向けてきた。その私達のそばを人々が次々と通り過ぎていく。守衛には一瞥《いちべつ》もくれない彼らは、朝日を浴びてきらきら輝いて見えた。私は彼らと同世代のはずだが、まるで別物のように思える。

それは、彼らと比べて私の容姿が醜く、身なりが垢抜《あかぬ》けないからばかりではないだろう。彼らと私は立場が違う。かたや青春を満喫する大学生で、かたやそこで生活のために働く事務職員なのだ。

経済的に高校の卒業でさえやっとだった私に大学に通う余裕などなかった。就職先も正社員では見つからず、派遣会社に登録して働くことになった。

だいたい半年から一年ごとに変わる派遣先を選ぶことはできないので、地元の高校生の多くが憧れる大学に通勤することになったのはまったくの偶然だ。学生の中には、中学校で私と同じクラスだった元同級生もいる。思い思いの服装や髪型で仲間達と笑いさざめく彼らを後目《しりめ》に、私は毎日、事務室の古びたパソコンと向き合っている。

とはいえ、始終、職場で気持ちを腐らせているわけでもない。

シューズロッカーから上履きを取り出し、挨拶をしながら事務室に入る。先に出勤していた職員達から次々と挨拶が返ってくる中、まずは事務長のデスクに足を向けた。

今朝は、喪主として妃奈の葬儀を終えてから初めての出勤だった。妃奈の死を知らされた後、私は急遽、一週間の有給休暇を申請して休みを取っていた。登録先の派遣会社には忌引きの制度がなかったからだ。

デスクでコーヒーを飲んでいた事務長に、

「ご迷惑をおかけしました」と軽く頭を下げる。

すると、彼は私の詫《わ》びに大きく首を横に振り、お悔やみの言葉を述べてくれた。私が急に仕事を休んだことに気を悪くしているふうはない。また、死んだ私の妹が殺人事件の被害者だということも知られていないようだった。小林という名字は多いので、たとえ事件の報道を目にしても私の事情と結びつけて考えなかったのだろう。

ほっとして自分のデスクに向かった。思いのほか、そこに書類は溜《た》まっていない。

「小林さん、大変だったね」

隣からの声にふりむくと、鹿沼公一《かぬまこういち》が椅子を回してこちらを向いていた。彼は私と同じ派遣社員で年も近い。最近結婚したばかりの奥さんの惚気話《のろけ》を聞かされたりする、同僚のような間柄だった。彼は事務長と同じようにお悔やみの言葉を述べると、

「まだしばらくは無理しない方がいいよ。仕事で手伝えることがあったら何でも言って」

いつになくまじめな顔で言ってくれた。

「ありがとうございます」と会釈しながら、気づく。休みの間、鹿沼が自主的に私の仕事を多くこなしてくれたのだろう。だから私のデスクの上の書類が少ないのだ。じわり、と胸が温かく滲《にじ》む。ありがたい。

この大学の事務室は今までの派遣先の中で最も快適な職場だった。過去に経験した一般の中小企業と違い、職場で罵声が飛び交うことも、サービス残業を強いられることもない。一緒に働く職員達の口調は総じて穏やかだ。

もともと大学事務は一般の企業の事務職より仕事が楽な傾向にあり、人気の派遣先らしい。なぜ大した実績もない私が派遣されたのかよくわからないが、いずれ去らなければならないことだけが残念だった。

午前中のうちに、溜《た》まった仕事を一気に片づけることにした。パソコン画面に向き合い、キーボードを叩《たた》きながら、時おりカウンターの方に目を走らせる。このデスクは学生対応も任されているからだ。

「小林さん、ちょっといい？」

隣の席から書類を手にした鹿沼が身を乗り出してきた。そこに打ち出されたデータを二人で確認していると、

「ほらほら、あそこ」

カウンターの方から女性の声がした。学生が来たようだ。カウンターでは成績証明書の発行やアルバイトの斡旋《あっせん》、就職相談などの受付を行っている。私は声の方に目を向けた。びくり、と心臓が跳ねた。

カウンターには一組の男女が立っていた。身なりからどちらも学生だとわかる。女性の方には見覚えがあった。

海野《うみの》真凛《まりん》。

中学生の時に同じクラスにいた子だった。現在はこの大学の三年生で、事務手続きの関係でちょくちょくカウンターを訪れる。向こうも私のことを覚えているようだった。

真凛と一緒にいる茶髪の男性は知らない顔だった。顔を寄せ合う二人の距離感から、彼女の彼氏ではないかと推測できた。

真凛は私を指差し、彼に何ごとかささやいている。

「……だよ……ほら……でしょ？」

詳細は不明ながら、話の内容は何となく周囲の人間に察せられる程度の声音を使い、くすくす笑う。

鼻先に火を突きつけられたように、かっと顔が熱くなった。自分を笑っている。

それは決して自意識過剰ではなかった。中学時代、私は彼女から同じことをされていたからだ。

いじめというほどではないのかもしれない。ただ当時、真凜から私は歯並びの醜いことを笑われた。

中学三年生のある時期、私は真凜を含めたクラスの数人の女子達に目をつけられた。彼女達は教室や廊下でかたまり、私をちらちら見ながら聞こえよがしに嘲笑《ちょうしょう》した。別に真凜達との間にトラブルがあったわけではない。彼女達は代わり映えのしない学校生活の中でささやかな娯楽を求めただけだろう。私の顔がいじるに値するものであることも間違いない。

学校で私が笑われたのはそう長い期間ではなかった。中学を卒業するとともに自然消滅した。だが、私の心には小さな傷がいくつもつけられた。

そして数ヶ月前に、通っている大学の事務室で偶然、私を見つけた真凜は、私の職場に当時と同じ関係性を持ち込んできた。用があって事務室を訪れる際にいつも同性の友人達を引き連れてきて、私を指差すのだ。

もちろん、中学時代ほど頻繁ではない。それに、今の私には顔を笑われる謂《い》われはない。当時とは違い、私を含めた皆がマスクをつけて生活しているからだ。数年前に新型コロナウイルスが流行して以来、私達はマスクを常用することが習慣化している。私は内心で昨今のマスク社会に深く感謝していた。おかげで社会に自分の恥ずかしい歯並びを晒《さら》さないで済む。今の職場では、基本的に真凛以外に私の素顔を知る者はいない。だから、彼女の言葉につられて笑う人達のことなど気にする必要はない。

そうは思うものの、カウンター越しの真凛に、私の背中はどうしてもこわばった。

しかも今回、彼女は初めて異性を連れてきた。

マスクをつけているので、二人とも正確な表情は窺《うかが》えない。それでも、真凛の私に向ける目には中学の時と同じきらめきが宿っているのがわかる。それは彼氏らしい男性にも伝染していく。

「へえ」と真凛に相槌《あいづち》を打つ彼の目も輝いていく。明らかにかわいい彼女の言葉をおもしろがって、私の方を見ている。

私は二人から目を逸《そ》らしたが、遅かった。異性にまで笑われた、と思うと、自分の顔色がみるみる変わり、耳が真っ赤になるのがわかった。それがよけいに二人の嘲笑を誘っているに違いない。

「何かご用ですか」

私の隣にいた鹿沼が見かねたように立ち上がり、二人に声をかけた。

いえ、何でもないです、と真凜は笑いを堪《こら》えながら返事して、彼氏とともに事務室を去っていった。歩きながら彼氏が真凜の頭をくしゃくしゃと撫《な》でているのが見えた。その大きな手の下で、真凜は先ほどとは違う種類のほほえみを浮かべる。

二人の姿が完全に見えなくなってから、鹿沼は席に戻ってきた。

「どこまで確認したっけ」

何ごともなかったかのように私に話しかけてくる。

私はすぐに顔を上げることができなかった。同僚に哀れまれている。いや、彼を含めた職場の人々も内心では真凜の言葉に耳を傾け、一緒になって笑っているのではないか。

想像すると、消えてしまいたくなった。こんなところで惨《みじ》めな思いをしながら働きたくない。今すぐ家に帰って引っ込んで、二度と外に出たくない。

「小林さん？」

「あ、はい。すみません」

私はぐっとお腹の下に力を入れて気を取り直した。何を甘えたことを思っているのだ。自分が仕事を選べる立場ではないことはわかっていることではないか。衝動的に退職をすれば、その月のうちに困窮するだろう。日々の生活費を払っていくのが精いっぱいで、貯蓄する余裕もないほどしか稼げていないからだ。それでも、何の能力もない自分が働かせてもらっているだけで御の字なのだ。ちょっと笑われたくらいで弱音を吐くべきではない。それに、つらい目に遭っているのは私だけではない。

いつものように自分に言い聞かせると、納得がいった。私は改めて書類に意識を向けた。

「ここからです」と、鹿沼に答えた直後、思い直した。

そう、私だけではなかった。

三

休みの間に溜まっていた業務も午後には落ち着き、いつも通り定時に仕事を終えた。

帰り支度をしていると、

「お疲れさま」

鹿沼がデスクから手を振ってくる。

「今日も残業ですか」

「うん。新婚旅行の資金、貯《た》めないとな」

同じ派遣社員でも私と契約内容が違い、彼は残業ができる契約を結んでいる。私もできれば彼と同じ契約に切り替えたいのだが、なぜか派遣会社がそうしてくれない。前の派遣先の時のように、残業するならサービス残業にしろということだろうか。

「お先に失礼します」

挨拶をして職場を出る。

校門を出て坂を上り、大学前駅から電車で十駅ほど揺られて新貝東駅《しんかいとう》に出る。そこから乗り継いでさらに二駅いったところが自宅の最寄り駅だった。交通費を浮かせるために、私は新貝東駅から自宅まで歩いて帰ることが多かった。ちょうど帰り道には安売りをするスーパーがあり、食材を調達することもできる。

肉や野菜で重みを増した通勤用のバッグを提げて自宅近くまで帰ってきた頃には、午後七時を過ぎていた。

間隔をおいて点された街灯の光が頼りない分、住宅街に囲まれた夜道はよけいに暗く感じられた。自分の足音を聞きながら、慣れた道を辿《たど》っていると、脳裏に妃奈が現れた。

勤務先でも妹の面影はちらちらと見え隠れしたが、業務に集中することで紛らわした。職場から離れた今は、よりくっきりと浮き上がってくる。私を信頼しきって、いつも職場や私生活の不満を零《こぼ》す妃奈の顔が。

晩秋の風に、重い荷物を持った手の感覚が曖昧になっていく。

妃奈を殺害した犯人は依然、特定されていない。

報道によると、遺体は発見場所の山中とは別のところで殺害され、運ばれて捨てられたらしい。その証拠に妃奈の遺体からはスマートフォンなどの所持品はいっさい見つかっていない。

もしかするとすでに容疑者などが浮上しているのかもしれない。だが、警察は私に捜査状況を知らせてくれなかった。きっと問い合わせても無駄だろう。こちらは事情聴取に協力し、妹について知っている限りを伝えるのに、向こうは捜査中は何ひとつ教えてくれないのだ。たとえ繰り返し電話をかけ、縋《すが》りつき、泣き声で訴えようが意味はない。すでに私は諦めていた。

ただ、最終的には彼らが連絡をくれることは知っている。犯人を特定し、逮捕した暁には。彼らは確かに成果を上げてくれる。だから、私は連絡がくるのをおとなしく待つしかない。

自宅アパートの外観がぼんやりと見えてきた。と、目の前に人影が現れた。

「小林美桜さんですね」

反射的に立ち止まり、頷く。その後に、闇に慣れた目で相手を確認した。

一見、仕事帰りの会社員といったふうの女性だった。年は私より少し上くらいだろうか。くりっとした目がかわいい印象だ。

だが、私は背中に冷たさを覚えた。この人はただの通行人ではない。経験が警告を発していた。

後ずさる暇もなく、

「私、週刊リアルの水戸《みと》といいます」

彼女は名刺を突きつけてきた。気圧《けお》されてつい受け取ってしまった。

「亡くなった妃奈さんについてお話を聞かせていただけませんか」

言いながらぐいぐいと距離を詰めてくる。報道関係者に特有の気迫に、私は窒息しそうになる。それでも、何とか口を開いた。

「すみません、急ぐので」

水戸をぐるりと避けて前進する。幸い、黒ずんだ外壁を持つ我が家はもう目前だった。後ろから甲高《かんだか》い声が追いかけてきた。

「妹さんの姿を知った今のお気持ちは」

聞こえなかったふりをして、赤い錆《さび》の浮いた外階段を早足で上がった。アパートの敷地内なので、さすがに水戸もそこまではついてこなかった。できるだけ彼女の視界に入らないように背を丸めて自室に入る。

内側から玄関の鍵をかけると、ためいきが洩《も》れた。通勤バッグをどすんと足下に置く。そこからタマネギが零れ落ちて廊下を転がっていく。もう今から料理をする気になれなかった。水戸との一分にも満たないやりとりで、徹夜明けのように疲れている。

さらに、時間差で怒りがふつふつと湧いてきた。

どうして私は初めにあの女に「すみません」と謝ったのか。そして、向こうは初対面の私に何と心ない言葉を投げかけてくるのか。

私は窓に歩み寄った。カーテンを細く開けて、外を確認する。しかし、すでにそこに水戸の姿はなかった。せめて睨《にら》みつけてやりたかったのに、と思う反面、心の底ではほっとしている。今夜は彼女も取材を諦めて立ち去ったのだ。この薄い壁に囲まれた一室がこれほど頼もしく思えたことはなかった。

とはいえ、攻勢はこれで終わらないだろう。すでにこちらの自宅は割れている。水戸だけではない。彼女を始めとした報道陣はまた私を訪ねてくるに違いない。彼らは妃奈の事件に目をつけたのだ。若い女性が殺されて、しかもまだ犯人は見つかっていないというのは、世間の好奇心をそそる事柄だろう。それが飯の種になると見込んだ水戸達は、容易には引き下がらない。同情するふりをしながらこちらに纏わりつき、紙面や映像で八つ裂きにするのだ。ああ嫌だ。

反射的に前髪を摑《つか》んでいた。まったくの予想外ではなかったが、気持ちが沈んだ。

またあれが繰り返されるのか。

ひとりきりの部屋の頭上で蛍光灯がじいんと鳴っている。

私が殺人事件の被害者遺族となるのは初めてではない。

十年前、小学四年生だった私は父の小林恭司《きょうじ》を亡くした。

我が家は那見《なみ》市という海辺の町で洋食屋を営んでいた。料理人の父が腕を振るう店は地元ではちょっとした有名店だった。

あの夜、父は店じまいをした後、日課の散歩に出かけた。そうして、一晩経《た》っても帰ってこなかった。

父が他殺体で発見されたのは翌日の昼のことだった。

その時から、母の寛子《ひろこ》と私と妃奈が残された我が家はすさまじい狂乱に巻き込まれた。主を失った住居兼店舗に警察、報道陣、素性もわからない怪しげな人々が押し寄せ、入り乱れた。

父は近くの公園で何者かに刃物で襲われて殺されたらしかった。周囲の大人は教えてくれなかったが、父の体には切り傷が十数ヶ所も残されていたという。そのため、初めは怨恨による犯行が疑われた。母を含めた父の身内や友人知人は警察に相当に調べられたようだ。

ところが事件発生からおよそ十日後、まったくの別方面からある人物が逮捕された。父を殺害した容疑をかけられたのは、当時の私とさして年の変わらない、十四歳の少年だった。逮捕後まもなく、彼は犯行を自白した。

少年犯罪の場合、加害者の情報は伏せられ、実名報道がされることもない。ただ、インターネットで検索をすればいくらでも出てきた。佐神翔《しょう》。それが父を殺した男だった。我が家の誰も聞いたことのない名前で、父との接点も確認できなかった。

佐神は警察の取り調べに対し、人を殺してみたかったという趣旨の供述をしたらしい。それを裏づけるように、家宅捜索で彼の部屋から一冊のノートが見つかった。そこには父を殺害した時の様子が図解で詳細に綴《つづ》られていたという。彼の犯行のおぞましい証拠品は通称、解体ノートと呼ばれ、世間を騒がせた。

さらに、私はたまたまコンビニに陳列されていた週刊誌の見出しで、佐神の発した生々しい言葉を知った。取調室で彼は「ゴミっぽい人間を殺した」と述べたそうだ。ゴミ。私はその見出しの前で動けなくなった。私と一緒に店を訪れていた母と妃奈も週刊誌に気づいた。私達三人は揃って棒立ちになった。

佐神にとって殺す相手は誰でもよかったのだ。彼は夜、仕事終わりに煙草《たばこ》を吸いながらぶらぶら歩いていた私の父を無価値な人間と見なした。そうして、子どもがミミズを石で刻んで遊ぶように、おもしろがって斬り殺したのだ。

父を殺した犯人は逮捕され、動機は解明された。裁判も済んで佐神の刑は確定した。最後に妃奈と会った時の話では、すでに彼は罪を償い終えて出所しているという。

しかし、事件が起こった時点で、我が家は修復不可能なほどの痛手を受けていた。

父を失ったことで我が家で営んでいた店は閉めざるを得なかった。収入源が途絶えたことで、家計は目に見えて困窮していった。

また、週刊誌を始めとした報道陣は、早くに母を亡くし、男手ひとつで育てられた佐神の生い立ちばかりでなく、私達家族のことも書き立てた。具体的には、料理人だった父の腕前は今ひとつだった、母が結婚前は場末のスナックでホステスをしていたなどと報じた。

まだ幼い娘二人を抱えた母にとって、ひとりで正面から荒波を被り続けるような日々だっただろう。

さらに、父を殺した犯人が逮捕されて二週間ほど経った頃、ある人物が我が家を訪ねてきた。

弁護士とともに玄関前に立った中年男性は、佐神翔の父親を名乗った。私の父を殺した息子に代わって謝罪にきたのだ。

インターフォン越しに応対した母は玄関のドアも開けなかった。帰ってほしいと乾いた口調で告げて、インターフォンを切った。

私はその様子をたまたま階段の上から見ていた。私の隣には妃奈もいた。私達はどちらからともなく忍び足で廊下に下り、玄関の見える窓へと近づいた。事件以来、窓のカーテンは閉め切られていた。その隙間から、こっそり玄関の方を覗《のぞ》いた。スーツを着た男性が二人立っており、ひとりは顔を上げていたが、もうひとりは深く頭を下げ続けていた。頭を下げている方が佐神の父親だろうと見当がついた。佐神は父子家庭だと聞いた。

佐神の父親はたっぷり五分は低頭し、私達姉妹は何となくそれを眺め続けた。と、隣の弁護士に促されて、彼はゆっくりと面を上げた。土色のくたびれたおじさんの顔が現れた。窪《くぼ》んだ目がこちらを向きかけたので、私達は慌てて窓から離れた。そうして、何も見なかったふりをして居間に入っていった。

そこにいた母は、佐神の父親よりもっとひどい顔をしていた。壁の何もないところに凭《もた》れかかり、俯いて自分の中指にできた逆剝《さかむ》けを一心に剝いていた。私達はとても声をかけられなかった。

以来、佐神の父親からの連絡は途絶えた。しかし、あの訪問は、疲れ果てた母への最後のひと押しだったのではないか。犯人の肉親の出現は、それまで少年としか報道されていなかった佐神の実在を私達に生々しく感じさせた。あの男の息子が大切な家族を殺したのだ。母はそれに耐えられなかったのではないか。

ある朝、私と妃奈が目を覚ますと、母の姿は家から消えていた。

以来、母の行方は杳《よう》として知れない。警察からの連絡もないので、生きてはいるのだろう。父の事件の捜査に協力するために、私達一家は指紋やＤＮＡを提供している。

身元不明の遺体が見つかれば、それで母かどうか特定できるはずだった。

母の失踪後、私と妃奈はそれぞれ別の親戚のところへ預けられることになった。私は貝東市に住む母方の祖母の家に引き取られた。祖母は貧しくけちな人だった。そのため、私は彼女の家で肩身の狭い思いをしなければならなかった。転校した学校もあまり楽しいところではなかった。個人的な努力の甲斐《かい》あって事件の被害者遺族であることはばれなかったが、私を蔑《さげす》む海野真凛のような人々が一定数いた。

私は素潜りをしている人間が酸素を求めて水の中から浮き上がるように、時おり妃奈に連絡を取った。彼女は私に残された唯一の肉親だった。同じ気持ちを分かち合える相手だった。

妃奈の方は山間部の筑野《ちくや》市に住む父方の叔父一家に引き取られていた。そこでの居心地の悪さは私と大して変わらなかったらしい。距離的な問題から会うことは難しかったので、互いに保護者の目を忍んで電話し、語り合った。

高校を卒業すると、私達はそれぞれ逃れるように家を出た。私も妃奈も仕事を求めて県庁所在地の貝東市に居を構えた。しかし、どちらも正規雇用には恵まれず、私は派遣社員、妃奈は業務委託の保険外交員として働くことになった。

私達は誰の助けも借りず、懸命に働いて暮らしていた。そして、妃奈は何者かに殺害された。

さまざまな想念が頭の中で渦を巻き、私は窓辺にぼうっと佇《たたず》んでいた。久しぶりに週刊誌の記者と接したことで、人生の分岐点を思った。

十年前、父は殺された。あの事件で何もかも変わったのだ。

＊

放課後の帰り道、私はだんだん早足になる。

通っている小学校は那見市の中心街に近い。そこから外れて、国道の緩い上り坂をどんどん進んでいくと、建物はまばらになっていく。そうして右手を山、左手を海が支える道になる。

海は陽光を細かい波ごとに反射して、きらきら、きらきら、と揺れている。日本海は太平洋と違って暗いと言われるけれど、私は那見の海はどの海よりきれいで明るいと思う。だから、海が見えてくるとうれしくて、自然と足が弾《はず》む。

さらに、上り坂の半ばから、右手に茶色い三角屋根がちょこんと頭を出す。近づくにつれて、ログハウス全体が見えてくる。丸太を組んでできた壁は長年の風雨に晒《さら》されて、何時間も炒《いた》めたタマネギのような色をしていた。建物の入り口には木製の看板が立てられている。ちょうどその前では学生らしい男の人が「グリル那見」と刻まれた文字を見ていた。最近では看板の写真を撮る人も多いので、私は特に気にせずに学生の脇を抜け、ログハウスに近づいていく。ここが私の家だ。一階が両親の営む洋食屋で、私達一家は二階で暮らしていた。店でも自宅でも、建物の窓からは海を望むことができた。

ログハウスからはいつものいいにおいが漂ってきていた。香ばしくて、さわやかで、お腹がきゅうっと空いてくるようなにおい。私は思わず駆け足になって建物をぐるりと回る。正面は店の入り口で、自宅の玄関や厨房《ちゅうぼう》は裏側にあった。厨房のドアをそっと開ける。

そこには、いつものように広い背中があった。肉厚の手が絶え間なく小さく動いている。夜の営業の仕込みで鶏肉に下味をつけているのだろう。私は厨房の入り口に寄りかかり、黙ってその様子を眺めた。大きな体の繊細な動きを見守るのが、好きだった。

気配を感じたらしく、その体がくるりとこちらをふりかえった。

「驚いた。帰ってたのか」

両目を見開き、鶏肉を取り落としそうになっているので、私はけらけらと笑った。

「ただいま、お父さん」

グリル那見で出される料理はすべて父が腕を振るうものだ。いわば厨房は父の城だった。ちなみに、母は店の接客と会計を担当していた。

「何か手伝うことない？」

私はランドセルを足下に置いて父に聞いた。

「宿題はしなくていいのか」

「ちょっとだけしか出されてないから、大丈夫」

「じゃあ、そうだな……」

父は鶏肉を置き、元は白かったエプロンで手を拭った。エプロンは先代の店主だった祖父から譲られたもので、汚れ方にも年季が入っている。

「これを搾ってくれるか」

父は冷蔵庫のそばの段ボール箱を持ち上げ、調理台に置いた。中には契約農家から届いたレモンがたくさん入っている。

「わかった」

父がレモンを包丁で二つに切っていく。私はその横に立ち、半分になったレモンを手に取った。これを搾り器で次々と搾取していくのだ。

「助かるよ。ちょうど忙しかったんだ」

父に言われて、レモンを搾る手に力が入った。何しろ私は店の看板メニューをつくる手伝いをしているのだ。

グリル那見は父の両親、つまり私の祖父母が始めた店だ。私が生まれる前に祖父母は亡くなり、父が店を継いでいた。

継ぐといっても、祖父母が経営していた当初から、あまり景気のいい店ではなかったらしい。それが、父と母で切り盛りするようになってからよけいに悪化した。

私は父のつくる洋食は世界一だと思っている。ハンバーグにエビフライにオムライス。どれも舌がとろけそうにおいしい。ただ、立地が悪いせいか、客入りはよくなかった。母が電卓を叩く音ばかりが響く、がらがらの店内の様子を、私は幼い頃の記憶としてぼんやりと覚えている。私が小学校に上がった頃には、両親は本気で店を畳むことも考えていたようだ。その時はいくつかの保険を解約して乗り切ったらしい。

そんなグリル那見の客足が急速に伸び始めたのは、ちょうど半年ほど前からのことだ。父が開発した新メニューが評判になった。

チキンのレモンソテー。

特に目新しい料理ではないが、父のこだわりが詰められている。

一番の特徴は、店で捌《さば》いた鶏肉を使っていることだ。ログハウスの裏、山の手には古い鶏小屋があった。かつて、祖父がそこで鶏を飼っていたそうだ。店は保健所から食鳥処理の許可を得ていたので、祖父はお得意の客が来た時にだけその場で鶏を絞めて提供していたらしい。それを参考に、父は小屋で再び鶏を飼い始めた。

自らの手で育てた新鮮な鶏肉を、その日搾ったこだわりのレモン果汁とバターでソテーする。このシンプルな一皿に父は勝負を賭《か》けた。

新作は初め、店の客足に何の影響も与えなかった。それが半年ほど経った頃からだろうか。新規の客が次々と店を訪れるようになった。中にはずいぶん遠方からやってきた人もいた。彼らは揃ってチキンのレモンソテーを注文した。口コミで評判が広がったらしい。湯気を立てるチキンを頬張った客達は皆、目を細めて口元を緩ませた。それがまた評判を呼び、続々と客が押し寄せた。

グリル那見は瞬く間に人気店になった。メディアからの取材依頼もいくつかきたが、それをすべて断ったことがいっそう店の価値を高めた。テレビやネットでは公式な情報の出回らない料理を求めて、休日には行列までできた。

両親は休む間もなく働き、私の学校の授業参観にも来られなくなるほどだった。特に大変なのは調理を一手に引き受ける父だった。厨房で立ち回りながら、父は忙しい忙しいと呪文のようにつぶやいた。一方で、汗ばんだ額の下にある目は、クラスのかっこいい男子のようにきらきらとしていた。それを見ると、私は宿題も後回しにして一番に父を手伝いたくなるのだった。

半分になったレモンの断面を搾り器に押しあてると、透明な果汁が滴り落ちる。もう少し搾れないかと思い、握ったレモンをぎゅっと捻《ひね》ると、果汁が目に飛び込んでき

た。つい、

「痛っ」と声を上げてしまった。

「大丈夫か」

父が飛んできた。

「平気。レモン汁が目に入っただけ」

「早く目を洗った方がいい」

ちょっと目を擦《こす》れば治りそうな気がしたが、言われたとおりにした。流しにいくと、そこには鶏のモモ肉が一片落ちていた。父は仕込み中の鶏肉を放り出して私を見にきたらしい。味に厳しいこの人は、私のことになると甘いのだ。

「病院行くか」

洗った後の私の目を矯《た》めつ眇《すが》めつする父に、笑ってしまった。

「大げさすぎるよ」

いつまでも見られているのも気恥ずかしいので、顔を背けて再び調理台のレモンを手に取る。父はまだ心配して追いかけてきた。

「大げさなもんか。痛かったらもうやらなくていいぞ」

「平気だって」

「それなら頼むよ。おまえが搾ってくれると、ソテーの味に深みが出るんだ」

父の言葉に、胸が誇りに膨らんだ。グリル那見の繁盛に私も一役買っているのだ。一生、父のためにレモンを搾ってもいいと思った。

当時の父の気遣いに気づいたのは、ずっと後になってからのことだ。

私はさかんに父の仕事を手伝いたがったが、残念ながらひどく不器用だった。しかも自覚がなかった。牛乳パックの蓋をきれいに開けられずに注ぎ口をぎざぎざにしたり、食器棚から取り出すだけで皿を何枚も割ったりしても、そんなものかなと思っていた。

客に出す料理のための調理らしいことはとても任せられないと父は思っていたことだろう。しかし、父は私の前で決してそんなそぶりは見せなかった。代わりに、レモンを搾るという誰でもできる作業を、さも特別な仕事であるかのように私に任せてくれた。私が料理に苦手意識を持たなかったのは、そのおかげだ。

黙々とレモンを搾っていると、また父が後ろから近づいてきた。父の大きな手と、ミルクジェラートのグラスが視界の隅に入った。大好物のご褒美に、思わずふりかえってほほえみかける。

私は優しい父が誰よりも好きだった。

ログハウスの一家での暮らしは、とても、とても、幸せなものだった。

四

大学前駅から坂を下り始めた半ばで、大学の校門に四、五人がたむろしているのが見えた。

私は刃物をのみ込んだようにぎくりとした。見つからないように早朝に家を出る作戦が功を奏したと思っていたが、甘かった。

まだ朝早いので、登校する学生はまばらだ。学生達は校門の方に怪訝《けげん》な視線を投げかけていく。そこに待機する人々は年齢もさまざまで、明らかに学生とは違う独特の雰囲気を漂わせていた。私は学生のふりをして、俯いて彼らの前を通り過ぎようとしたが、

「小林美桜さんですよね」

プロの目をごまかせるはずもなかった。逃げる間もなく、わっと彼らに取り巻かれ、スマートフォンやICレコーダーを突きつけられた。スマートフォンのカメラを向けている一般人らしき男性もいる。

「お話を聞かせてください」

「今回の報道についてどう思われますか」

「また新たな証言が出ているようですが」

報道陣から矢継ぎ早に言葉を浴びせられて、窒息しそうになる。

「あ、あの……」

取材など受けたくない。ここで不用意な発言をしてしまうと後々、ろくなことにならない。わかっているのに黙秘を貫くこともできず、無意味な言葉が口から洩れる。

「どうなんですか、美桜さん」

匕首《あいくち》のようにスマートフォンを突き出して迫るのは、すっかり顔馴染《かおなじ》みになった週刊リアルの水戸だ。私は彼女から後ずさろうとしたが、それぞれ所属の異なるはずの報道陣が団結して包囲網をつくっているので逃げ場がない。さらに、彼らはじりじりと距離を詰めてくる。まるで私の体を直接搾って言葉を引き出そうとするように。

このまま私は彼らにぼろ雑巾みたいにされてしまうのだろうか、と思った時、

「ちょっと」

白い手袋を嵌《は》めた手が割って入った。

「困りますよ、学校の前で勝手なことをしてもらったら」

このところ毎日挨拶を交わしている守衛だった。門前の騒ぎに気づいて守衛室から出てきたらしい。彼は私の前に立って報道陣を窘《たしな》めた。大学の治安維持という職務に従っただけだろうが、私は助かった。紺色の守衛の制服を盾にして、そそくさと門を

くぐる。今のところ、学内に入ってしまえば安全だった。ただ、周囲の学生達がちらちらとこちらを見ている。私が彼らの立場でも何ごとかと思うだろう。

地面だけ見つめて職場のある教務棟に向かった。事務室に入り、

「おはようございます」と挨拶する。

職場の人々からはちゃんと挨拶が返ってくる。しかし、その響きはどこかよそよそしい。たぶん私の被害妄想ではない。

どんどんと重くなる気持ちを抱えて人々の間を通り抜けていくと、自分のデスクに小さな茶色の紙袋が置かれているのが見えた。ぎょっと足が止まった。直後に、背後から声をかけられてよけいに驚く。

「おはよう――ってびりすぎ」

ふりむくと鹿沼の笑顔があった。

「お、おはようございます」

「あれ、フィナンシェ」

彼は私の肩越しにデスクの上を指差した。

「嫁さんが焼いたんだ。パティシエでもないのにすごいだろ。職場の人にもお裾分けしてって頼まれたから持ってきた」

どうやらデスクに置かれた紙袋は鹿沼が持ってきてくれたものだったようだ。

「ありがとうございます」

私は苦笑した。勝手に中にカミソリの刃や生ゴミが入っているのを想像していたのだが、ここは職場だった。自宅の郵便受けとは違って、誰でも入って物を置けるようなところではないのだ。

「おやつに食べてみてよ、本当にうまいから。俺の嫁さんは最高なんだ」

人前で堂々と惚ける彼だけは今までとまったく変わらないように見えた。それでも、本当のところはどう思っているかはわからない。私は興味深げに紙袋の中を覗き込むふりをして、彼から目を逸らした。何においても、私の心は暗がりに向かって傾く。

初めに水戸が姿を現した時点で、気づくべきだった。

――妹さんの姿を知った今のお気持ちは。

彼女はこう問いかけてきたのだ。

だがあの時、私は週刊誌記者の夜討ちに動揺していた。妹の妃奈が殺人事件の被害者になったとはいえ、離れて暮らす私にまで取材の手が伸びるとは思っていなかったからだ。それに、私は父の事件によって、報道陣というものを理解した気になっていた。被害者遺族として、昔、彼らには苦労させられたのだから。

私は何ひとつわかっていなかった。

人には立場があり、それによって様相は変わること。そして、立場に持続性はなく、容易に反転する可能性もあるということを。

父と違い、妹の件において、私は世間に支えられるべき被害者遺族ではなくなっていた。

きっかけは、週刊リアルの報道だった。

記事の見出しは「めった刺しで殺害された美女の裏の顔」。

週刊リアルの記者は未だ犯人のわかっていない殺人事件の被害者、小林妃奈の身辺を探った。すると、彼女の元交際相手Aさんの存在に行き着いた。

三十代後半のAさんは物故者だった。およそ一年前、登山中に転落死していた。

Aさんには身寄りがなく、記者がようやく探し出した縁者は彼の大伯母だった。九十過ぎの高齢の大伯母は、しかし矍鑠《かくしゃく》としており、しっかりとした口調で記者の取材に応じた。彼女はAさんの死についてある不満を述べ立てた。

Aさんの死後、彼に生命保険がかけられていたことがわかった。しかも、三千万円の保険金の受取人は親族ではなく、小林妃奈という人物になっていた。面識のない相手なので誰かと思って大伯母が確認してみると、当時のAさんの交際相手だという。

Aさんは死亡事故の半年ほど前から妃奈と交際しており、保険外交員をしていた彼女の薦めで生命保険に加入していたらしい。

Aさんが親戚関係にない相手を受取人に指名して生命保険の契約を結んでいたのが

そもそもおかしい、と大伯母は主張した。きっとあの保険外交員の女が自身の営業成績を上げるために純朴なAさんを丸め込んだのだ。何ならその後、事故死に見せかけてAさんを殺し、保険金を奪ったのではないか、とも語った。

週刊リアルの報道は世間の注意を引きつけた。

さまざまなメディアが一斉に後追いし、真偽不明の情報がネット上を飛び交った。さらに、顔にモザイクをかけたAさんの大伯母の映像が複数の動画投稿サイトで流れるようになった。彼女は動画投稿者のインタビューに応じ、カメラの前で何度も疑惑を喚《わめ》き立てた。ネット上で妃奈の保険金殺人の疑惑は炎上状態になり、彼女の高校時代の顔写真のコラージュがあちこちで溢《あふ》れた。

私への取材の嵐もその一環だった。水戸の訪問を受けた直後から、私の自宅を動画投稿者も含めた報道陣が日参するようになった。妃奈の話を聞かせてほしいという。私は初めから取材には一切応じないと決めていた。どれほど誠実に答えようと、一度彼らに向き合ってしまえば悪意ある編集がなされるだろう。父を亡くした時の経験から学んでいた。

しかし、彼らはかつて以上に執拗で攻撃的だった。私が取材を断り家に入っても、玄関先で聞きたいことをがなり立てた。職場の大学にも現れるようになり、同僚に私のことを尋ねたりしているらしい。とうとう今朝には、職場の前で待ち伏せをし、人前で私を質問責めにした。

もはや妃奈は殺人事件の被害者というよりは、保険金殺人の容疑者扱いだった。そして、私は容疑者の姉だった。だから初めから週刊リアルの水戸は、妃奈の本当の姿を知ってどう思うか、という質問を私に投げかけてきたのだ。

妃奈の疑惑を強調するネットの報道に世間の姿勢も傾いた。肝心の殺人犯よりも、妃奈を疑い、非難する風潮が出来上がりつつあった。妃奈はAさんに対し、保険金殺人を行っていたに違いない。そういう後ろ暗いところのある人間だから殺されたのではないか。天罰だ、自業自得だ、という向きだ。そのため、私が妃奈の姉だと気づいた周囲の目も冷めていった。

近隣住民や職場の人々の態度はよそよそしくなった。差出人不明の不気味な郵便物が自宅に届くようにもなった。脅迫的な内容の文書やカミソリの刃などだ。怖かったが、警察に届け出る気にはなれなかった。妃奈の事件を捜査している彼らも報道に耳を傾けている節があるからだ。

「においを嗅ぐだけでもうまいことがわかるだろ」

鹿沼の声で私は我に返った。

デスクの上の紙袋からは確かに焼き菓子の甘い香りが漂ってきた。それで少し人心地がついた。私はようやく鹿沼に顔を向けることができた。

「本当、おいしそうですね。家でいただきます」

紙袋をしまい、パソコンの電源を入れて頭を仕事用に切り替える。今回の騒動が原因で契約を切られないよう、ちゃんと働かなければ。報道陣の夜討ち朝駆けでいちいちうろたえているわけにはいかない。これからも彼らは妃奈の疑惑を裏付けるために、私に張りついて情報を引き出そうとするだろうから。

だが。業務連絡のメールに目を通しながら、また考えてしまう。私は妃奈から何も聞いていなかった。報道で初めて知らされた。

一年ほど前に妃奈に恋人がいたことは知っている。いつかのファミレスの会合で、新しい彼氏ができた、と本人が明かしたからだ。「今度はいい人だよ」と言っていた。

ただ、それ以上のことはほとんどわからない。

生活の愚痴は零すが、私達の間で恋愛の話題はあまり上らなかった。私には恋人がいたことがなかった。妃奈の方にはたまにいたようだが、彼女は多くを語らなかった。

Aさんとおぼしき交際相手についてもそうだった。その存在を聞いてから数ヶ月後の会合で、私は交際は順調かと尋ねた。すると、妃奈はただ、

「いなくなっちゃった」とだけ言った。思えば、最後に彼女と会った時も聞いた。

――大好きな彼氏もいなくなっちゃったし。

私はてっきり妃奈が恋人と別れたのだと思っていた。まさかそのAさんが事故死し

ており、それによって彼女が多額の保険金を受け取っていたとは、想像だにしなかった。妹は私の前ではひたすら貧しさや運の悪さを嘆いていたのだから。

しかし、世間は妃奈を金銭欲のままに人を操り、あまつさえ死にも追いやる悪女だと見なしている。自己愛性パーソナリティ障害だと断言する自称専門家もいた。

インターネットでうっかり見てしまったそうした社会の反応が、私の頭の中をぐるぐる巡った。私は眉間を指で強く押したが、脳内の雑音はひどくなるばかりだった。

皆が言っている。皆が言っている。

妃奈は本当にそんな人間だったのだろうか。

五

昼休みを告げるチャイムが鳴ると、私は早々に席を立った。

事務室の入っている教務棟の裏手に回ると、一本の低木と錆びたベンチが佇んでいた。

教務棟の裏にはデータサイエンス学部の学部棟が背を向ける形で建っており、その間隔は数メートルしかない。狭く、日あたりの悪い空間なので、ベンチがあっても憩う人間はまずいない。通り抜けに使う者もいなかった。私は慣れた足取りでベンチに近づいた。昼食を取るためだ。報道を知った職場の人々の視線でいたたまれないからではない。ここに勤め始めてからの習慣だった。私は休み時間を必ずひとりで過ごす。

もちろん、自分のデスクで食事をしてかまわないのだが、私は人前でマスクを外すことに抵抗があった。誰にも顔を見られないところでひとりで食べたかった。そこで、派遣されてからすぐに学内を歩き回り、ここを私の昼の指定席と定めたのだった。人《ひと》気《け》のない場所はほかにもあったが、座れる場所があるのがありがたい。

また、そばに背の低い木が植えられているのも気に入っていた。その木がベンチの上で枝を広げてくれるおかげで、多少の風雨は遮られるからだ。もっとも、さすがに大雨の時などはあまりあてにできない。そうした時には木の下で傘を差し、おにぎりを立ち食いしていた。悪天候の日でもひどい歯並びを見られたくないことに変わりはない。

私はベンチに腰を下ろし、家で握ってきたおにぎりを取り出した。おにぎりのラップを剝がしていると、頭上でさわさわと葉擦れの音がした。枝が重たいのだろう。マスクを外した私は、低木を見上げた。

この木がレモンの木だったと知ったのは、ごく最近のことだ。

夏頃にはすでに小さな実が生《な》っていたが、色が濃い緑で形も丸かったので、ユズやスダチだろうと思っていた。それがどんどんと成長し、今、枝にはラグビーボールのような形をした実がいくつも下がっていた。

ただし、まだ完全に色づいているものはなく、青い実ばかりだ。夏のイメージがあるが、レモンの収穫時期は冬場らしい。気温が低いためか、これだけたくさん生っていても酸っぱい香りは漂ってこない。

ささやかに揺れる枝葉の向こうで、何かが動いた。

私は急いで顎のところに下ろしていたマスクを鼻の上まで引き上げた。私の視力の正確さは、まもなくして証明された。向こうから人が歩いてくる。

昼休みに時おり、ここを通りかかる学生らしき男性だった。そのたびに私は食事の手を止め、マスクをつけて顔を隠していた。彼さえ来なければほかには誰も通らないので、もっとくつろいだ昼休みを過ごせるのだが。その上、彼はベンチの前を通り過ぎる際、必ず会釈をしてくる。こちらも無視するわけにもいかず、何となく顔見知りになっている。

私は先にベンチから会釈をして、彼が通り過ぎるのを待った。手に食べかけのおにぎりを持ったままなのが恥ずかしいが、しまうのも決まりが悪い。目を伏せながらそんなことを考えていると、

「持っていきますか」

影と声が降ってきた。ベンチの近くで男性が立ち止まり、レモンの木を指差していた。

私は目を上げた。木漏れ日を弱く反射する眼鏡の目は、まっすぐにこちらを向いている。

「まだ青いけど、グリーンレモンもけっこうおいしいですよ」

ひとりごとではなく、私に話しかけているようだ。木に実ったレモンを捥《も》いで持ち帰るよう言っているらしい。突然、何のつもりだろうか。

「大丈夫ですよ。僕、農学部なんで」と言い足すが、ますます意味がわからない。

黙っていると、ようやく彼は私の困惑に気づいたようだ。ひとりでちょっと笑う。

「ああ、説明不足ですみません。このあたり一帯は元は農学部の土地だったんです。教務棟の裏は農場で、向こうは演習林」

手で学部棟の先の西の方を指し示す。なるほど、そこには林が残されており、研究室らしい古い建物の屋根も覗いていた。

「数年前の改組で農学部は丸ごと隣町のキャンパスに移転して、その跡地に新設されたデータサイエンス学部の学部棟が建てられたんです。このレモンの木やベンチは農学部時代の名残りなんですよ。なぜか撤去されずに放置された」

ほとんど人の通らない建物と建物の隙間にベンチが置かれているのはそういうことだったのか。

「農学部時代からあった木や設備は何となくうちの学部の管理になっているんです。だから一応、この木は僕が世話をしています。毎年、収穫しきれないほど実が生るんで、よかったら持って帰ってください。品種改良されて棘《とげ》はないので、素手で簡単に取れます」

彼はレモンの木の幹を軽く叩いた。まるで飼っている犬に対するような手つきだった。悪い人ではないのだろう。

しかし、私は、

「ありがとうございます。でも、けっこうです」と断った。

「私、レモンが苦手なんです」

小さな声で言う。

本当は苦手というどころではなかった。

レモンと鶏肉。私はこの二つが食べられない。どうしても喉を通らない。昔はとても好きだったのだが。

「ああ、そうなんですか。すみませんね、食事中に声をかけてしまって」

私のかたい返事に、男性はこだわりのない調子で応じた。そのまま去っていくのかと思いきや、まだ私の前に立っている。そして、

「事務室の職員の小林さんですよね」と聞いてきた。頷きながら、私は所属と名前を

知られていたことに驚く。

「突然ですけど、僕、桐宮《きりみや》といいます」

彼は桐宮証平《しょうへい》という名前と、農学研究科に籍を置く院生であることを明かした。さらに、

「僕、〝そのあとクラブ〟というボランティアサークルを運営しているんです」と続ける。レモンを勧めてきた時といい、唐突な人だ。

「働く保護者の児童の放課後をサポートする活動をしています。小学生はまだ保護者の見守りが必要な年頃です。ひとりで夜遅くまで留守番をさせるのは、安全面と教育面の両方で問題があります。そのために、小学校が終わった後に学童クラブがあるんですが、だいたいどこも午後五時までで終わってしまう。すべての働く保護者がその時間までに勤務を終えて帰宅できるとは限りません。そこで、うちで保護者が仕事から帰ってくるまで児童を預かるんです。子ども達が学童クラブの後にやってくるから、そのあとクラブです」

私はそうですか、と相槌を打つしかない。

「向こうに古い建物があるでしょう」と、桐宮は演習林の方を示した。さきほど私が研究室だろうかと思ったところだった。

「そこを借りることで場所は確保できているんですが、今、人手不足なんです。小林

さんに手伝ってもらえると助かるんですが」

「え？」

私は改めて相手を見上げた。いきなり球がこちらに飛んできた。

「小林さんに、そのあとクラブで児童の遊び相手、話し相手になってもらいたいんです。週に二、三回でいいんで、この学校での勤務が終わった後にお願いできませんか」

レモンの木の幹に手を添えたまま、穏やかな口調で桐宮は頼んできた。ただ、私としては納得がいかなかった。どうして学舎の裏でひとり昼食を取る大学職員をサークルに勧誘するのか。構内には学生が男女ともにたくさんいるというのに。

「この頃、ボランティアをしてくれる学生が本当に集まらないんですよ。そのあとクラブは手伝うと帰りは遅くなるし、就活の自己PRのネタにしては地味だし」

私の疑問を読み取ったらしく、彼は説明した。

「それに、手伝ってくれるなら誰でもいいってわけでもない。子ども相手だから、やっぱり落ち着いた優しい感じの人がいいんですよね。そんなことを考えながら適任者を探していたら、事務室の小林さんの姿が目に入った。受付での小林さんの対応、とても丁寧ですよね。社会経験に乏しい学生だからって横柄な態度を取る職員の人も珍しくないのに」

私は単に気が弱いのだ、わざわざ人の職場にやってきて自分のことを笑う元同級生

を見返してやる勇気もないくらいに。下手なお世辞でその気になるほど私もおめでたい性格ではなかった。ただ、

「ああ、言い忘れていました」と桐宮が言い出したので、心が動いた。

「社会人の方の場合は有償ボランティアとしてお願いしようと思っています」と桐宮が言い出したので、心が動いた。多くは出せなくて申し訳ないが、と断ってから、彼は時給九百円を提示したのだ。

「大学の勤務は午後五時までですよね。だいたい六時から九時まで三時間、週に二、三回くらい入ってもらえると助かります」

私は生唾をのみ込みそうになった。これはボランティアというよりは副業として、かなりの好条件といってもいいのではないか。

今の派遣の収入での生活はぎりぎりだ。転職も難しいので常々副業を考えていたが、実現には至っていなかった。終業後に別の場所で立ち仕事のアルバイトをするのは体力的にきついし、自宅でできる内職は賃金が低くて割に合わない。かといって、特に資格もないとほかに選べる仕事はない。

それを思うと、そのあとクラブの有償ボランティアは魅力的だ。大学が敷地内での活動を許可しているからには、怪しい団体ではないだろう。あの演習林の建物が活動場所なら、事務室での仕事が終わった後に数分で向かうことができるので、移動に時間も交通費もかからない。時給も居酒屋のホールの仕事などと変わらない。むしろ、

割がいいのではないか。

報酬を提示した途端に乗り気になったと思われないように、私はさりげなさを装って有償ボランティアの具体的内容を尋ねた。

「児童達を預かっている間、特に何かをしてほしいということはありません。クラブは託児所じゃないし、彼らももう大きいので自分で何でもできます。ただ保護者が迎えに来るまでの間、彼らと一緒に時を過ごしてもらいたいんです。トランプの相手になってあげたり、宿題を見てあげたり。あと、夕食を取るので、その時の手伝いもお願いします。クラブは僕のつくる夕食付きなんですよ」

それほど難しい仕事ではなさそうだ。活動内容に興味を示して質問する私を見て、桐宮はうれしそうだった。

「もちろん今すぐ決めなくていいんで、考えておいてもらえませんか」

気を遣って言ってくれたが、私の中で腹黒い計算がはたらき、

「参加させてもらおうと思います」

即答していた。

「桐宮さんの都合がよければ今週からでも」

「本当ですか。ありがたい、助かります。特に今週は忙しくて大変だったんですよ」

わかりやすく眉を下げた桐宮がポケットからスマートフォンを取り出した。連絡先

を交換し、私がボランティアに入る日程を決めた。

桐宮はそのあとクラブについてこまごましたことを語った。彼がひとりで創設したサークルで思い入れがあるらしい。話の半ばで昼休みが終わりに近づいていることに気づき、

「すみません、もう時間ですよね。じゃあ明後日、よろしくお願いします」

慌ただしく話をまとめて去っていった。自身も午後からの講義があるのだろうか。

静けさを取り戻したベンチで、私は再びおにぎりを口にした。かたくて冷たかった。

きっと桐宮はまだ妃奈の報道を知らないのだ。もしくは、私が彼女の姉だということを。知っていれば、保険金殺人疑惑のある人間の親族を子ども相手のボランティアに勧誘したりはしないだろう。わざわざこちらから教えてあげる義理もない。

彼が気づく前に、私はできるだけボランティアに参加し、小遣い稼ぎをしておくべきだろう。なぜなら、私の失業はすでに目の前に迫ってきている。妃奈の件は職場に隠しおおせない。職員達の間だけではなく、じきに大学全体に広まるだろう。そうなれば、私個人がどれだけ誠実に職務に取り組もうが、大学は私の雇用継続を望まないに違いない。派遣元の会社が私の登録を抹消することすらあり得る。そうなると逃れられないのが貧困だ。今のうちに少しでも貯蓄しておかなければ。

私はおにぎりを力任せにのみ込んで食事を済ませると、スマートフォンを手に取っ

た。スケジュール機能に新しく決まったボランティアの日程を入力しておく。仕事終わりに三時間入ると、三千円近い収入になる。ずっと続けられそうにないのが残念だ。そこまで考えて、はっとした。いつしか私は妃奈が世間に非難される前提でものを考えてしまっている。

違うのに。

膝がぎゅっとこわばる。

世間で言い立てられているのは誤報だ。妃奈は保険金殺人など絶対にしていない。遺品整理のために妃奈の部屋に入ったが、そこから窺えたのは真冬の朝のように引き締められた暮らしぶりだった。三千万円もの保険金が手に入れば、たとえすべてを貯蓄に回そうと思ってもどこかで緩みが出てしまうものだ。妃奈の部屋や言動にはそのやわらかな隙のようなものがなかった。慢性的にお金に飢えている私にはわかる。通帳が見つからなかったので銀行の取引履歴はわからないが、一度振り込まれた三千万円を短期間で使い切ったというのも考えづらい。

何より、私が拠《よ》り所にしているのは、そうした論理的な証拠ではない。

私の妹は誰かを傷つけ、虐げるような人間ではない。

私は知っている。自分の首を賭けてもいい。世界中の人が疑おうと、私は妃奈を信じている。

ゆらっと手の中のスマートフォンが震えた。ニュースサイトの速報の通知のようだ。速報といっても、芸能人がどうしたなどというくだらないゴシップの見出しが流れてくるだけものだった。

癖のようにそれに目を落とした私は、息をのんだ。

小林妃奈さんに新たな疑惑が浮上

六

「そうですね……今、保険金詐欺みたいなのが話題になってますよね」

最近気になったニュースはあるか、というインタビュアーの質問に、ソファに腰掛けた細面の男性が答える。

「正確には、恋愛保険金詐欺とでもいうのかな。交際相手が自分の生命保険の受取人になっているっていう」

「ああ、あの事件ですね」

インタビュアーが合いの手を入れる。今の時期、それが妃奈の疑惑を指すことは誰にでもわかる。

「実は、僕も似たような目に遭いかけたんです」

彼は切れ長の目にほほえみを湛えて打ち明ける。

「えっ、銅森《どうもり》さんがですか」

インタビュアーが軽くのけぞってみせる。

「はい、事業が軌道に乗る前のことなんですが。僕は保険外交員をしていた女性と付き合っていたことがあります。彼女とは性格の不一致で別れたんですが、後で自分の部屋から見覚えのない保険証券が出てきました」

「まさか、生命保険の？」

「ええ。知らない間に自分の名前で生命保険が契約されていたんです。彼女の勧める保険会社のもので、死亡時の保険金は二億円、受取人は彼女になっていました」

「二億円」

「ええ。慌てて解約しましたよ」

「それは保険金詐欺に遭いかけていた可能性が高いですね。彼女との交際中、何か身の危険を感じることはありましたか」

「いや、まったく。ただ、ちょっと束縛がきつい彼女だなとは思っていました。僕のことを何でも把握したがるんですよね。もしかしたら、それは彼女の愛情からくるものではなかったのかもしれません。カモとしての僕の個人情報を収集していただけだったのかも。でも、当時は思い至りませんでした。ふつう、付き合っている間に恋人に対してそんな疑いなんて抱かないでしょう？　その人に恋をしているんだから」

「確かにそうですね。しかし、銅森さんみたいな方が交際相手に騙《だま》されかけたなんて意外です。すごくモテそうじゃないですか」

「ちっとも意外じゃありませんよ」

　彼は細身のスーツに包まれた脚を組み替えた。

「僕、全然モテませんから。それに、モテるとかモテないとか、そういう問題じゃないですよ。恋愛詐欺や保険金詐欺は誰でも遭う可能性のある犯罪だと思います。誰だって人を好きになったり、信じたりするんだから。それなのに、特に恋愛絡みの詐欺は騙される方が間抜けだと馬鹿にする風潮があるでしょう？　でも、間違っていると僕は思う。糾弾されるべきは愛や恋心といった人の純粋な気持ちにつけ込む犯人の方です。騙された方が恥ずかしがる必要なんかないんです。堂々と被害を訴える権利がある。それを伝えたくて、僕の経験をお話ししました」

　すでに彼の目からは笑みが消え、普段の仕事ぶりを彷彿《ほうふつ》させる輝きが際立っていた。

「……そうですね」

　インタビュアーの返事が、気圧されたように一拍遅れた。

　私はそこで動画の再生を停止した。

ネットで配信されたインタビューだった。ネットの世界では有名なインタビュアーが毎回、新進気鋭の経営者をゲストに呼び、その経営方針から私生活までさまざまな内容を聞き出すというものだ。

前週のゲストは銅森一星《いっせい》。筑野バルという飲食店を興した若き経営者だ。筑野バルはその名の通り、彼の地元筑野市の食材を生かした洋風居酒屋だった。二年前には都市部の貝東市にも進出を果たし、現在、両市に合わせて五店舗を構える人気店になっている。

何の伝手もない状態から地元の農家を回り、食材を調達して筑野バル一号店を開店した経緯など、銅森がインタビューで語る内容はなかなかおもしろい。だが、二十分ほどの動画の中で切り取られ拡散されているのは、今私が再生した箇所だ。そこで彼は詐欺被害を恥ずべきではないという持論を展開している。視聴者からは「感動した」「勇気をもらった」と共感する声が続出している。

ただし、反響はそれだけにとどまらなかった。

私はスマートフォンを操作し、今度はある写真を開いた。顔を寄せ合った男女のツーショットだ。

カメラに向かって笑顔を見せているのは妃奈だった。今より表情が若い。また、前髪が切り揃えられている髪型から、高校を卒業し、就職したての頃に撮られたものだとわかる。

そして、その隣にいるのは、ついさきほど動画で見た銅森だった。彼も今より少しだけ幼い笑い方で、妃奈に寄り添っている。

この写真をインターネット上で最初に見つけた時、念のため端末に保存しておいた。だが、まもなくその必要はなかったことがわかった。今や写真は拡散され、あちこちに溢れかえっているからだ。

イケメン経営者とも言われる銅森が保険金詐欺に遭いかけたという証言は動画の視聴者を驚かせた。同時に、その詳細を明らかにしようとする動きに繋がった。すると、一枚の写真が流出したのだ。

写真は明らかに、妃奈と銅森が過去に交際していた事実を示していた。そもそも、インタビューでの銅森の告白は、最近気になったニュースはあるか、と尋ねられたことに端を発していた。彼は暗にAさんの事故死に関する妃奈の一連の疑惑を上げ、その流れで自身も同じような目に遭いかけたと話し出したのだ。

銅森が騙されかけた相手というのは小林妃奈だったのではないか。そうだとすれば、彼女はAさんばかりでなく、常習的に保険金詐欺を行っていた可能性がある。

妃奈への疑惑は深まり、報道はますます過熱していった。

私は妃奈と銅森の写真を閉じ、真っ暗になったスマートフォンをしまった。

何かの間違いだと思う。皆は妃奈を誤解している。あの子は我欲のために次々と人を陥れるような稀代の悪女ではない。血の通った私の妹なのだ。

信じているのに、自分の気持ちがわずかに揺らぎ始めたのも事実だった。

妃奈と銅森の交際時期が、彼が詐欺被害に遭いかけたと主張する時期と符合するのを、私は知っていた。保険外交員として働き始めて少しして、妃奈は私に彼氏ができたことを明かした。たぶんそれが銅森だったのだろう。二人は十歳ほど年が離れているが、地縁で知り合ったであろうことは想像がつく。銅森の地元の筑野は妃奈が小学校から高校時代まで過ごした土地でもあった。在籍した時期は違うが、出身高校も同じらしい。

銅森らしい恋人について、妃奈はAさんの場合と同じように詳しくは教えてくれなかったが、後に別れたという報告だけ受けた。交際期間は一年ほどだったということになる。ちなみに、Aさんらしき相手と付き合い始めたのは銅森との破局からさらに一年後だ。私が妃奈の過去の交際相手として把握しているのはその二人だけだった。

銅森とAさん。その二人ともが妃奈との交際中に生命保険に加入し、保険金の受取人を彼女にしていた。銅森の方は契約をした覚えがないという。Aさんの意思は不明だが、妃奈と交際して数ヶ月後に死亡している。ふつうに考えて、不自然だった。

それに、現時点で判明しているのは二人だが、妃奈にはほかに交際していた相手もいたのかもしれなかった。そのうち何人に自分を受取人にして生命保険の契約を結ばせていたのだろうか。妃奈は一体――。

そう思ってしまう自分が嫌だった。妃奈を信じているはずなのに。

がたん、と最後に前に傾いで電車が停まった。私は下車し、ホームに降りた。

駅の構内は混み合っていた。後ろを歩く人に舌打ちされ、「すみません」と謝りながら改札を抜けた。しかしその後に、さして私の歩みがのろくなかったことに気づいた。交通系ICカードを出すのが遅れたわけでもない。自分の無意識に苦笑しながら外に出る。

仕事を終えてから来たので、すでに日は沈んでいる。だが、夜空に向かって聳《そび》え立つビル群は満天の星よりも個々の窓をきらめかせていた。各企業の勤労ぶりを物語っているようだ。この貝東のオフィス街に昨年、銅森も筑野バルの本社を構えたらしい。

私はスマートフォンの地図アプリを頼りに進む。

生前、妃奈は何をしていたのか。

それをはっきりさせなければ、気が済まなくなっていた。おそれることはない。妃奈は潔白に違いないのだから。彼女が保険金目的でAさんに生命保険をかけ、その死で三千万円を受け取ったはずがない。同様に、銅森に対しても詐欺をはたらこうとしたはずがない。きっと別の事情が誤解されただけなのだ。ならば、私がその事実を把握し、疑惑を消してしまえばいい。

かりにAさんと呼ばれている妃奈の元交際相手の詳細は不明で、すでに亡くなっている。そのため、事情が聞けそうなのは筑野バルの経営者、銅森ひとりだった。

多くの取材依頼を受けているはずだが、銅森はインタビューで語った内容以外は口を噤《つぐ》んでいた。世間が興味を抱いている疑惑について、彼が肯定も否定もできない理由は察せられた。保険金詐欺に遭いかけたというのはあくまでも彼の所感であって、客観的な証明がなされているわけではない。そういう意味で法的に罪のない元交際相手の正体は明らかにされるべきではない。銅森は詐欺被害者を勇気づけるために自身の経験を引き合いに出しただけで、個人のことを指し示すつもりはなかった。

ところがインタビューの後、主にネット上で銅森の元交際相手を特定する動きが広がり、実際に妃奈と写った写真も流出してしまった。結果、今回の騒動に繋がった。

銅森が疑惑をはっきりと否定すれば、妃奈の名誉は回復する。しかし、世間は銅森の元交際相手への追及をやめないだろう。妃奈でなければ誰だったのか。答えが出るまでさまざまな人間の名前を無責任に挙げて捜し続けるに違いない。つまり、銅森は何と答えようと、誰かを吊《つ》るし上げることになってしまうのだ。経営者として人道的に好ましくない行為は慎むべきなので、彼は一切の発言ができない。

ただし、妃奈の遺族になら、銅森は事実を明かしてくれるのではないかと私は期待していた。銅森に、彼や彼の事業に迷惑をかける気はないことを説明し、知り得た事実は決して口外しないと約束してもいい。世間が何を言おうとも、せめて自分の中で納得できればいいのだ。

銅森が、自分を騙そうとしたのは妃奈ではない、と言ってくれれば。彼は妃奈のほかにも保険外交員と付き合っていて、その人物が詐欺師だったという可能性はある。それが世間で妃奈と混同されてしまったのだ。

あるいは、銅森が、妃奈は自分を騙そうとしたのではない、と言ってくれれば。彼は妃奈に対して何か勘違いをしているのではないか。元交際相手の勧めで生命保険を契約した事実はあっても、書類の受取人と担当者の欄を見間違えたということはないだろうか。

銅森がいずれか一言、答えてくれたら私は救われる。

そのためには彼と二人きりで面会する必要がある。

辿り着いたのは、周囲の中でもひときわ背の高いビルだった。この四階に筑野バルの本社が入っているらしい。

もちろん、このまま訪ねていってすぐに銅森に会えるとは思っていない。今夜の目的は面会の約束を取り付けることだ。銅森に繋がる筑野バルに連絡を取るにしても、電話やメールではなく直接顔を見せた方がこちらの気持ちが伝わりやすいだろう。健康保険証を持ってきたので、私の身分や妃奈の親族であることも証明できる。

自動開閉を繰り返すガラス扉入り口近くで、しかし私はなかなか中に入ることができなかった。ビルに足早に出入りする人々は揃ってきりりと引き締まった出で立ちだった。筑野バルのほかに、この建物には錚々《そうそう》たる企業のオフィスが入っているのだ。ラフな仕事着のままで来た私は何とも場違いだった。いったん帰宅してから就職活動用のスーツで来なかったことを後悔した。

それでも、引き返すわけにはいかない。ちょうど坊主頭でくだけた格好の男性がビルに入っていったので、それに便乗して続く。華々しい人々と一緒にエレベータに乗るまでの勇気は出ず、非常階段を使った。

四階に上がってすぐ、筑野バルのオフィスの入り口が見えた。受付らしい小さなスペースは無人だったが、私が近づくとすぐにきれいな女性社員が応対に出てきた。

私は彼女に自分が妃奈の姉であることを明かし、銅森に面会したい旨を伝えた。彼女は確認すると言って一度オフィスに引っ込んだ。五分ほどしてから戻ってくる。

「申し訳ありませんが、お客さまのご要望をお受けすることはできません」

想定内の返答だった。現在、このオフィス内に銅森がいるかはわからないが、いきなり訪ねてきた私をすぐに信用する気にはなかなかなれないだろう。私も一応、その対策は考えてきていた。

「銅森さんにこれを渡してもらえませんか」と用意していた封筒を差し出す。中には事情を記した手紙と身分証明書のコピーが入っている。これをゆっくり読んで銅森が判断すればいい。

「すみませんが、それもいたしかねます。銅森の直接のお知り合いでない方からのものは受け取れないことになっています」

「では、銅森さんに私のことを伝えておいてもらえませんか。また伺います」

「いえ、お伝えもできないことになっているんです」

「そんな」

私は驚いた。言付けもしてくれないなら、どうやって銅森と連絡をつけろというのか。

「直接のお知り合いの方のご紹介がありませんと」と女性社員は繰り返した。

だが、銅森と直接のかかわりのあった妃奈が死んでしまったのだ。その件でこちらは聞きたいことがあるのだ。

私が抗弁しようとした時、

「お引き取り願えますか」

言葉を被せるように相手が言った。ばっちりと化粧の施された目元は依然、美しかったが、マスクの中から向けられた声はかたかった。

「お客さまがご納得いただけないのでしたら、以後、こちらは社として法的措置を取らせていただきます」

彼女の発言にまたあっけにとられた。自分は悪質なクレーマーか、経営者の銅森に個人的な感情を抱いてつきまとう迷惑なファンのように思われているのだろうか。

さらに、彼女が奥から顔を覗かせた社員に、

「ううん、警備の人はまだ必要ない」とささやいているのが聞こえた。本気のようだ。さすがに怖くなった。

私は差し出した封筒を引っ込めて、退散せざるを得なかった。

七

建物を出た途端、北風とともに声に背中を叩かれた。

「美桜さん」

聞き覚えのある響きに、ぎくりと肩が上がった。週刊リアルの水戸が黒いトレンチコートをはためかせながら小走りで寄ってくる。みるみる距離が詰まり、翻った裏地から、彼女のコートがブランド物であることまでわかった。なぜこんなところにまで現れるのか。

慄《おのの》いているうちに、水戸は私に追いついた。

「あそこは筑野バルの本社が入っているところですよね」

水戸は大げさな身振りで私の出てきたビルを指差した。くりくりとした目は情報を求めて輝いており、ある意味、無邪気だった。

「妃奈さんの疑惑は事実なんですか」

「ち、違います」

思わず返事をしてしまった。

「ではどういうことですか」

水戸がさらに迫ってくる。相手をしてはいけないのだった。私は口を結び、彼女から遠ざかろうとしたが、

「逃げないでください」

機先を制された。

「毎回毎回逃げてばかりじゃないですか。ちゃんと説明してくださいよ。やっぱり後ろめたいことがあるからですか。黙っているのは肯定ととらえていいんですね」

言葉の砲撃を浴びて、どうしたらいいのかわからなくなる。何でもいいから頷いて、解放されたい衝動に駆られる。さきほどの筑野バルの社員の頑なな態度も、これが原因かもしれないと思った。今回の騒動による報道陣の取材攻勢に辟易《へきえき》し、必要以上に

警戒心を募らせていたのではないか。私は報道関係者ではないのだが。

その時、ふと目の前の水戸の影が大きくなった。

「おねえさん、大丈夫？」

低い声。それで水戸の背後に茶髪の男性が立っていることに私は気づいた。

「ここに何かついてるよ。血じゃない？」

男性は水戸の着ているコートの腰のあたりを示した。確かに、そこにはべっとりと大きな染みがついていた。コートの布地が黒いので色はわからないが、言われてみれば血のようにも見える。

えっ、と水戸は身を捩《よじ》り、コートの汚れを確認した。動揺が彼女の目元を染めた。

「具合悪くない？　これだけ出血していたら危ないよ。救急車呼ぼうか？」

「いえ」

「病気じゃないのか、怪我《けが》か。じゃあ、先に警察呼んだ方がいいな。あんたを襲った通り魔がまだそこらをうろついているかもしれない」

男性はスマートフォンを取り出す。

私は声もなく彼を見上げていた。知らない顔ではなかった。

スマートフォンを操作し始める彼を、水戸が慌てた様子で引き止めた。

「いえ、そうじゃなくて」

「動かない方がいい。ほら、しゃがんで」

「違うんです」

水戸は私に詰問した時とは別人のような張りのない声で首を振っている。私はようやく逃げ出すチャンスだと気づいた。今や水戸の注意は完全に私から逸れている。すばやく方向転換するために足に力を込める。

と、水戸を介抱する男性と目が合った。彼はさりげなく手にしたスマートフォンの画面を私に向けた。そこには「駅前のタルトで」と文字が入力されていた。

その意味をよく考える前に、私は駆け出していた。


およそ三十分後、悩んだ末に私は駅前のタルトに入店した。奇《く》しくも、妃奈とよく会合を開いていたファミレスのチェーン店だった。

店内を見回したが、彼はまだ来ていなかった。長時間、居座る気もなかったのでドリンクバーは注文せず、それより二十円安いアイスティーを頼んだ。体が冷えていたので本当はホットコーヒーが飲みたかったが、外食では必ず冷たいドリンクを選ぶようにしていた。ストローがついてくるからだ。その先端をマスクの内側に入れて啜れば、ドリンクを飲んでいる間も素顔を晒さずに済む。

ちょうどアイスティーが運ばれてきた頃に、彼が姿を現した。当然のように私の向かいの席に腰を下ろす。

礼儀として、先に私が口を開いた。

「……さっきはどうも」と軽く頭を下げる。

「あれは雑誌の記者か何かか？」

特に前置きもなく彼が尋ねてくる。

「ええ。週刊リアルの人です」

「俺が警察を呼ぶ前に、向こうから逃げていったよ」

彼は小さく笑うようにスウェットの肩を揺らした。それで、私の語気はつい強くなった。

「あの血糊《ちのり》みたいなの、あなたがつけたんですよね」

水戸が私に駆け寄ってきた時、彼女の黒いコートの裏地が見えた。アイボリーが基調のチェックの生地で、染みひとつないきれいなものだった。水戸の体から出血していたのなら、裏地が赤く染まっていたはずだ。彼が見つけたあの染みは外からつけられたものということになる。

いついかなる突撃取材においても身なりのいい水戸が、コートに大きな染みをつけたまま長時間歩き回るとは考えられない。ということは、私に声をかける直前か直後につけられたのだろう。私の知る限り、彼女の背後に立ったのは彼ひとりだった。まさか本当の血液ではないだろうが、何らかの液体を水戸のコートにかけ、発見者のふりをしたのだ。

私の指摘を受けた彼は、

「さあな」

否定も肯定もしなかった。

「でも、あんたは俺に恩義を感じているからここにやってきた」

その通りだ。彼がひと芝居を打って急場を救ってくれたのには違いなかった。本人の意図は不明にしても。

「あなたは……」

「経済学部四年、渚丈太郎《なぎさじようたろう》」と彼は名乗った。

折りよく注文したコーヒーがきて、彼はマスクを外した。コーヒーカップを手に取り、口に運ぶ。

私は改めて相手を眺める。海野真凛の彼氏はこんな顔をしているのか。

妃奈の忌引き明けに出勤した朝、真凛と事務室にやってきたのが彼だった。彼女と一緒に私を笑った男だ。そんな人間となぜ学外でお茶をしているのか、未だにわからない。

コーヒーを飲んだ渚は苦そうに口元を歪《ゆが》め、ミルクと砂糖を足しながら、

「そっちの自己紹介はいいよ。有名人だから」

何となく癇に障る言い方をする。彼がマスクを外した瞬間、理知的な目鼻立ちにちょっと惹かれてしまった自分が情けない。

「あんたがあの場にいた理由も、だいたい想像がつく。筑野バルの本社に妹の無罪を訴えにいったんだろ。だが、すげなく追い払われた。そこを週刊リアルの記者につきまとわれた」

あたっている。しかも水戸の推測よりも正確だ。

「あんたは妹の疑惑を晴らそうとしているんじゃないか。だが、銅森側やさっきの記者の女も含めて、誰もそれを支持しようとしない」

私は頷いていた。渚が言葉にしたことで、改めて孤独感が増した。そこで、

「俺はあんたが正しいと思う」

相手の発言に耳を疑った。今まで誰ひとり、私の立場に立ってくれた人はいなかった。事務室の時のようにからかわれているのかと思ったが、渚は至ってまじめな顔をしていた。

「あんたの妹の小林妃奈は保険金殺人みたいな大それたことをする女じゃない。報道されている内容はきっと間違いだ」

「どうしてそう思うんですか」

私は身を乗り出しかけたが、

「勘だ」

あっさり渚が答えたのに拍子抜けした。何か重要な証拠を摑んでいるわけではないらしい。

「あんたと小林妃奈のことは偶然、耳にした」

近頃、いろいろな意味で世間を賑わせている殺人事件の被害者、小林妃奈の姉が自分達の通っている大学にいるという。教えてくれたのは彼の交際相手だった。

「詳しいことを彼女に聞いてみたら、この前、事務室で見た職員だっていうじゃないか」

彼女とはもちろん真凜のことだろう。中学時代、真凜は私が事件で父を殺されて転校してきた事情を知らなかった。小林という名字はよくあるので、報道されていた事件と関連づけて考えなかったのだろう。だが今回、妃奈の疑惑は当時以上に大々的に報道されている。それで妃奈と私の関係に気づいたらしい。

真凜の話を聞いた渚は私の顔を思い浮かべ、すぐにぴんときたのだという。報道は誤りだ。私の妹は無実だと勘がはたらいた。

「強いて説明をつけるなら、あんたの日頃の態度だな。大学で働くあんたはいつもおどおどしていて、自分より年下の学生にまで遠慮している。そんな意気地のないやつの妹に保険金殺人を繰り返す度胸があったとは思えない。遺伝子が似通っていて、幼少時には同じ環境で育っているから、姉妹間でそうそう性格に違いは出ないだろう」

妹を擁護してくれているというよりは、自分がけなされている印象が強い。しかも、客観的な根拠に乏しい。

「そんな理由で？」

「基本的には勘だと言っただろう。それに、勘頼みというところはあんたも同じはずだ。確信はしていても、妹がシロである証拠を握っていないから、マスコミから逃げ回っている」

「……」

「手を組まないか」

ことり、と渚がコーヒーカップを置いた。

「あんたは妹の疑いを晴らしたい。俺は自分の勘の正しさを証明したい。動機は違うが、俺達の求めるものは一致している。小林妃奈の潔白の証拠だ。協力してそれを見つけ出さないか」

私を見据える相手の目が、よく手入れのされた古い金具のように底光りしていた。

「あんたのその辛気くさい顔つきを見れば、銅森に話をつけにいこうとして思うような結果が得られなかったことはわかる。交渉術に欠けているからだ。一方、俺にはその手のノウハウがあるが、この件にかかわれるような肩書きがない。だから、筑野バルの本社前まで足を運んでみたものの、銅森と接触する方法を考えあぐねていた。その時、ビルから出てきて記者に絡まれているあんたを見かけたわけだが。俺とあんたが互いの足りないところを補い合えば、効率よく事実確認ができるだろう」

渚の口振りはしっかりとしており、孤立無援の身にはありがたい話だった。

しかし、私は黙っていた。相手の意図が摑めない。

なぜ大学の事務室で見かけただけの私にそれほど協力的なのか。それに、彼がその手のノウハウを持っているというのはどういうことなのか。

すると、

「俺はジャーナリスト志望でね」と渚が明かした。

「取材の手法なんかはひと通り修得している。あんたよりもノウハウがあるというのはそういう意味だ」

私は体が干し柿のようにみるみるこわばっていくのを感じた。彼も水戸と同じ種類の人間だったのだ。親切めかして情報を毟《むし》り取る報道陣のひとりだった。

「妙な誤解はするな」

こちらの気持ちを読み取ったように、渚が私に大きな掌を向けた。

「さっきの週刊リアルの記者みたいな、給金ほしさに見当違いの方向を嗅ぎ回る犬じゃない。俺は本物のジャーナリズム、つまり真実を追求したい」

壮大なことを臆面もなく口にする。

「俺が自分の勘の正しさを証明したいのは、将来に向けての一種のトレーニングだ。社会問題に勘をはたらかせて、真相を明らかにして答え合わせをする。それを繰り返してジャーナリストとしての能力を養いたい」

「でも、わかったことは公表するんでしょう？」

情報を掴み、それを伝達するまでがジャーナリズムだ。私の目からすれば、報道に携わる人間は、自分こそが世間に事実を伝えているのだという感覚に酔いしれている。

「ああ。明らかになった正しい情報は正しく伝える必要がある。だから、たとえばあんたが信頼できる報道機関に情報提供するというのはどうだ。それであんたの妹の名誉も回復される」

「そのやり方だったらあなたの手柄にはならないと思いますけど」

「トレーニングだと言ったはずだ。俺は小林妃奈の情報で金儲《かねもう》けがしたいわけじゃない。大学を卒業してフリーのジャーナリストとしてひとり立ちしたら存分に稼ぐさ」

信じていいのだろうか。私はつい先日、自分を笑った男の真顔を凝視した。本当に真実を知りたいというだけで私に協力してくれるのだろうか。ただ、たとえ騙されたとしても、これ以上ひどいことは起こらない気もした。私はとっさに膝の上の拳を握りしめていた。

「じゃあ、よろしくお願いします」

「決まりだ」

渚がコーヒーを飲み干した。それからさっそく、

「銅森側のガードはかたいんだな」と確認してきた。

私はさきほど筑野バルの本社で銅森との面会を断られたいきさつを説明した。

「言付けもしてくれなかったのか。それはまた過剰な反応だな。ちゃんと小林妃奈の姉だと名乗ったんだろう？」

「はい、伝えました」

協定を結んだのだから、上下関係はないとわかっていても依然、敬語になってしまう。

「動画では穏やかに語っていたが、銅森は今でも相当あんたの妹のことを恨んでいるのかもな」

渚のつぶやきに、また気持ちが沈む。元交際相手さえ、私の妹を勘違いし続けたままなのだ。

「どうしたら彼に話を聞けるでしょうか」

「いや、一旦銅森との接触は諦めよう。本人がそれだけ恨みに思っているなら、会ったところで話し合いにならないだろう。代わりに聞き込みをする」

「聞き込みですか」

「ああ。銅森の周辺人物から話を聞く。小林妃奈と銅森は地元の筑野で出会ったんだろう？　銅森が貝東に進出する前のことだから、二人が付き合っていた様子は筑野の友人知人に知れていたはずだ。特に田舎の人間は他人の詮索が好きだ。彼らの証言から二人の関係の本当のところが窺えるかもしれない。銅森はともかくとして、小林妃奈の地元の知り合いを知っているか。筑野の学校の同窓生とか」

「いえ」

「じゃあそれは俺が調べておく」

渚は着々と調査の手順を決めていく。

「初めに週刊誌の報道で出たAさんとやらの件も同時進行で聞き込みをしよう。そっちの疑惑の方が強烈だったな、あんたの妹に保険金殺人の疑いがかかっているんだから。Aさん本人は死んでいるが、そいつの知り合いにあたれば手がかりが見つかるかもしれない。Aさんが誰なのか、妹から聞いたことはあるか？」

「いえ」

「本人から直接そうと聞かなくとも、Aさんの可能性のある妹の男友達に心あたりはないか？　もしくは、彼女が銅森とAさん以外に付き合った男を知っているか？」

「いえ」

渚の畳みかける問いかけに、答える声が小さくなっていく。私は俯いた。

「全然知らないんです。すみません」

ざらりと前髪が視界を塞ぐ。自分の妹だ、無実を信じている、と主張する割に妃奈について知らないことが恥ずかしかった。彼女の交際相手どころか、私は友達の名前さえひとりも知らなかった。また、調べようにも、私の手に渡った妹の遺品の中にスマートフォンは含まれていなかった。まだ見つかっていないらしい。

「別に謝る必要はない」

渚は平板な口調で言った。

「聞き込みの対象を調べるのは俺の領分だから。そういう方面であんたの力を期待しているわけじゃない」

彼は銅森とAさんの友人知人の情報を仕入れてくると請け合った。聞き込みの準備が整い次第、連絡をくれるという。

「今のところ、あんたにできることは何もない。のんびりしていてくれ」

事務的な言い方に、私はかえって慰められて顔を上げることができた。

私達は連絡先を交換した。渚は念のため、さきほど遭遇した週刊リアルの記者の名前を知りたいと言った。私は水戸の名刺を見せた。彼はそれをスマートフォンのカメラで撮影し、席を立った。

「じゃあ」

「あの」

身軽に店を出ていこうとする渚を、私は呼び止めた。この席で彼と向かい合った時から、ずっと気になっていたことがあった。

「何だ」

「このことって、海野さんは知っているんですか」

彼女の名前を出すだけで、後ろめたさが胸を撫でる。

渚は表情を変えずに首を傾《かし》げた。

「このことって？」

「その、私達が一緒に動くってことです」

私と渚は友達になるわけではない。共通の目的のために手を組むだけだ。だがそれでも、恋人のいる異性と二人で会ったりすることに私は抵抗があった。相手の恋人が知り合いであればなおさらだ。

私の言葉に、渚の眉が不思議そうに寄った。

「何で真凛ちゃんに言う必要がある？」

羞恥に息が詰まった。何を自意識過剰になっていたのだろう。そもそも私は相手に異性として見られていないのに。

「……そうですよね」

私は飲みたくもない冷たいグラスを引き寄せながら、赤くなった顔を彼の目から隠した。こんな醜い歯並びをした自分が恋愛方面のことを気にしていたなんて。

そんなことを考えたのはいつ以来だろう。

＊

私の記憶の中で常にくっきりと刻み込まれているのは、もちろん父の存在だ。あの幸福な時代は最愛の父がいることで成り立っていた。

それは、初恋の記憶でも例外ではない。

蓮《れん》に私が気づいたのは、いつ頃のことだったか。

おそらく、初めに見たのは、学校から帰ってきた時だ。我が家のログハウスの前に立ち、グリル那見の看板を眺めていた。その後も、主に夕方、店の夜の営業が始まる少し前くらいに彼の姿を見かけた。割合でいうと、週に二、三回だろうか。どこかからの帰り道らしく、国道の端に自転車を停めて佇んでいた。彼の目は店の入り口のあるログハウス正面ではなく裏手、店の厨房や古い鶏小屋のある山側の方に向いていた。

建物からは少し離れた、しかも国道の坂を少し下った位置に立っていることが多いので、家族は誰も彼に気づいていないようだった。だが、私はちょうど二階の子ども部屋の窓から彼の姿を認めた。窓は勉強机に面しており、宿題をするたびに気が散って窓の外に目をやっていたためだ。

春のぬるい夕日が、国道と海に金の光を投げかけていた。その中に、ひょろりと長い人影があった。私は目がいいので、彼の体躯《たいく》ばかりでなく、伏せられがちな長い睫《まつ》毛《げ》ややや尖《とが》った鼻梁《びりょう》まではっきり確認することができた。

誰だろう、と私は思った。両親が洋食屋を営んでいて、しかも繁盛しているので、ログハウスに見知らぬ人間が集まるのは不自然なことではない。通勤などで毎回前を通りかかり、いつか訪れてみようかと店を眺める心理もわかる。ただ、客にしては彼は若かった。十歳の私よりは大きかったが、五歳も違わないだろう。私服姿で自転車の前かごに大きなバッグを入れていることから、私が通う小学校と同じ学区にある中学校の生徒なのではないかと思われた。私達が那見中《なみちゅう》と呼んでいるその学校には制服がないのだ。彼は通学のために国道の坂を自転車で越えているのではないだろうか。

何にしろ、ひとりで飲食店を利用するような年頃ではない。通学の途中に彼が我が家の前で足を止めるのはなぜだろう。

次第に私は気になってたまらなくなった。そこで、次に彼が現れた時、二階の子ども部屋から階段を駆け下りて外に出た。まっすぐに近づいていくと、彼の目が驚いたように見開かれた。

「お客さんですか」と私は聞いた。彼にかける第一声はもう何日も前から考えてあった。

「い、いや」

「よくお店を見てるから、入りたいのかなと思って。うち、おいしいんだよ」

グリル那見の一品はだいたい二千円前後だ。彼のお小遣いで注文するのが難しいのなら、こっそり厨房に入れてあげてもいいと私は思っていた。私が父に頼めば、内緒で一食くらいごちそうしてくれるはずだ。人気のチキンのレモンソテーは無理にしても、常時タネを冷蔵庫に寝かせてあるハンバーグくらいなら。

「別に食事したいってわけじゃ」

うろたえたように頬が染まる一方で、私に応えた声は低い大人のものだった。

「いつもここを通るから、ちょっと気になって」

「那見中なの？」

「いや、違う」

彼は首を横に振った。

「塾の通い道なんだ」

彼はいつも那見市の中心街からやってくる。この坂を越えると隣町なので、そこに評判のいい進学塾でもあるのだろう。

「何でうちが気になるの？」

「それは……」

言いにくそうにしている彼を眺めていて、ふと私は思いついた。

「もしかして、料理人になりたいとか？」

少しだけ間があって、決心したように彼は小さく頷いた。

私はようやく納得がいった。彼は塾に通う傍ら、将来のために人気店の視察をしているのだろう。それがわかると、もじもじと両手を組み合わせる仕草までもどこか大人びて見えた。教室で流行《はや》りの芸人のギャグを真似《まね》して笑い転げているクラスの男子とは次元が違う。

「そうなんだ。じゃあ、厨房に入る？　私のお父さんがここのシェフなんだよ。紹介してあげる」

「そんな」

彼はとんでもないというふうに大きく手を振る。

「僕はここから見ているだけでいい。それだけで十分に勉強になる」

「そうなの？」

「ああ」

耳まで赤くなっている。恥ずかしがり屋のようだ。

「料理人が店を持つには経営手腕も大切だ。店構えとか客の出入りとか見ているだけで意味があるんだよ。だから、君のお父さんにも言わないでほしい」

自分から言い出したことなのに、彼に断られて私はほっとした。何となく、父を含めた家族に彼を見せたくないような気がしてきたのだ。

「わかった。約束する」

私は小声で言った。約束、という言葉を進んで使った時、胸がきゅっとした。


以来、私は家に帰ってからの宿題の時間が待ち遠しくなった。

子ども部屋の窓から蓮の姿を見つけると、いかにも用事があるというふうで外に出ていった。そうして、彼と偶然に出会ったふりをして、言葉を交わした。

ただし、毎回続くと不自然なので、しばらくして私は店の前の手入れを始めた。学校から帰ってくると、あのグリル那見の看板を拭いたり、長年放置されていた店先の花壇に苗を植えて世話をしたりした。父は私が店の外観を整えるのを喜んだ。最近、私があまり厨房を手伝おうとせず、すぐに子ども部屋に上がってしまうのを寂しく思っていたらしい。日没まで店の前をうろうろする私に向かって、父は厨房からよく手を振ってくれた。私はちゃんと振り返すが、心の中では違う相手を見ていた。放課後に友達と遊ぶ時もそうだった。本当は雨の日以外は毎日、店の前に立っていたかった。だが、クラスで浮かない程度に友達付き合いをする必要があった。放課後の教室や友達の家で過ごしている間、まさに今、蓮がうちに来ているかもしれないと思うと、その場から駆け出したくなった。

私はずっと蓮を待っていた。

待ちかねた末にふらりと現れる蓮は、やはり思った通りの蓮だった。

風と一緒に自転車を漕いでやってくる彼のシャツはいつもぴんと張っていた。中学二年生だと聞いたが、クラスの男子のわずか数年後とは思えないほど落ち着いていた。

彼は私の父や店の話を聞きたがった。私はたくさん話した。純粋に時間を共有できるのがうれしかった上に、話題は私の誇りそのものだった。私はグリル那見の、ひいてはその店を営む父のすばらしさを語った。店で出している数々の料理の、見た目と味とおいしさ。凝らされている工夫と技術。そして、それらの料理をつくり出す父がいかに優れた料理人かということ。自慢ばかりだと思われたくないので、たまには父の人間くさい失敗談も明かした。すると、蓮はくすりと笑った。大人っぽいのに、笑うと頬にえくぼができるのがかわいかった。

私達が話せる時間はそう長くはなかった。蓮は夕暮れにやってきて、暗くなる前にはまた自転車に跨《また》がって去っていった。名残惜しいけれど、その短さが私の中でいっそう彼との時間を輝かせた。夕日が水平線の向こうに沈む直前のひととき、海が正視できないほど眩《まぶ》しくなるように。蓮を見ているだけで楽しかった。

さらに、もしかして、という小さな思いが、胸の中でことことと揺れ動き続けていた。

蓮が料理人を目指して我が家に来るようになったことは確かだ。そこのシェフの娘である私にする質問も店のことが中心だった。しかし、そもそも気に入らない人間と言葉を交わすだろうか。定期的に自転車でやってきてくれるだろうか。

蓮も、私のことを好きでいてくれるのではないだろうか。

まだ小学生だったので付き合いたいとまでは考えていなかったが、両想いという可能性は私を舞い上がらせた。もしかして、もしかして。私は胸のうちで繰り返しつぶやいていた。

日々がきらきらと過ぎていき、ゴールデンウィークが明けた。

その朝、我が家は揃って寝坊した。

連休中、グリル那見は大忙しだった。毎日、昼前から夕方まで、順番待ちの客の列が途切れることがなかった。両親はもちろんのこと、私達姉妹も注文を取ったりお皿を洗ったりして店を手伝った。連休が終わる頃には、四人ともくたくたになった。それで寝過ごしてしまったのだ。

一番最初に目覚めたのは私だった。時計を見て、大変だと思った。すでに八時を過ぎている。店は連休明けということで休みを取っていたが、平日なので小学校では授業が始まる。このままでは遅刻してしまう。

もはや家族を起こしている余裕もなかった。私はひとりでベッドから飛び降り、急いで着替えを済ませた。ランドセル代わりのリュックを摑んで玄関のドアを開ける。朝日を浴びてもまだどこか眠たげに揺れている海を横目に、坂道を駆け下りる。

大通りに出た時、私は近道をしようと決めた。いつもの通学路から外れて裏道に入り、那見中の前を通った方が早く学校に着く。

ただし、私の通う学校はこの近道を禁止していた。那見中の付近は自転車通学をする中学生で混雑する。危険なので小学生は通ってはいけないと言われていた。実際、交通事故が多発していたこともあり、私はその言いつけを守っていた。

だが、今朝は特別だ。私は迷わず裏道に足を踏み入れた。

細い道を進み、那見中の方に近づいていくと、登校する中学生の数が多くなっていった。制服はないので私服姿だが、私達小学生とは違っていた。みんなすらりと手足が長くて、お兄さん、お姉さんに見えた。彼らは慣れた様子で校門をくぐっていく。

自転車通学の生徒も校門の前で自転車を降りる決まりになっているようだ。

と、ひたすらに小学校を目指していた足が止まった。私の目は那見中の校門の少し手前に吸い寄せられた。

蓮がいる。

校門に向かって自転車を押して歩いている。何度か私も見たことのある淡いブルーのシャツを着ていた。

勝手に私の喉が鳴った。どうして。通っている中学は那見中ではないと彼は言っていた。だが今、彼がそこに登校してきたのは明らかだった。なぜ私に嘘《うそ》をついたのか。

さらに、蓮の隣には並んで自転車を引いている女子生徒がいた。二人は言葉を交わしていた。

蓮が何か話しかけるたびに、相手は小さく頷き、まっすぐな黒髪がさらさらと揺れた。

私は胸を握りつぶされるような気がした。

その人、誰?

おそらく蓮と同い年、私の何歳か上でしかないはずだが、大人の女性に見えた。白い肌にすっと鼻筋の通った横顔が、とてもきれいだった。黒い瞳はまっすぐに蓮に向けられている。それを受け止める彼の表情はやわらかかった。私に一度も見せたことのないほど。

その場から動けなかった。ただ、私はばちん、と大きく瞬きした。しかし一度目を閉じ、潤して開いた後も、光景は変わらなかった。幻ではなかった。

結局、私は学校に遅刻した。

授業の内容はほとんど耳に入らなかった。放課後は友達とおしゃべりするのも億劫《おっくう》で、ひとりで下校した。のろのろと坂道を上る。

私の頭の中は今朝、目にした二人の姿でいっぱいだった。疑惑がぐるぐると回っていた。

何で私に那見中じゃないって嘘ついたのあの女の人は誰もしかして付き合っている彼女……

一旦、彼の気持ちを疑うと、悪い想像は無限に広がっていく。

そもそも本当に蓮は私のことを異性として意識してくれていたのだろうか。初めから単なるグリル那見のログハウスに住む子どもとしか思っていなかったのではないか。私が積極的に話しかけるから年上の礼儀として相手をしてくれていただけで、気になる異性はほかにいた。そう考えれば、私が話している最中に彼の視線がたびたびほかに流れることや、自分のことをあまり話さないことなどにも説明がつくではないか。

上り坂の向こうに三角屋根が見えてきた。我が家のログハウスは今日は妙に古ぼけていた。丸太の壁の色が汚いし、いつものチキンのレモンソテーのいいにおいも漂ってこない。代わりに何だか酸っぱいにおいさえした。あの搾りたての新鮮なレモンと違って、鼻につんとくる、厚かましい感じのする酸っぱさだ。

私は帰宅するとろくに家族と話しもせず、二階の子ども部屋に引きこもった。外が暗くなってから、母が夕食に呼ぶ声でようやくリビングに下りていった。

一日ゆっくり休んだことで連休の疲れがとれたらしく、両親はすっきりとした顔をしていた。厨房から料理を運んできたのは父だった。

「ポークシチューをつくってみた。試食してくれ」

休みの日も試作をしていたらしい。店の新しい定番料理を生み出したいのだろう。父は深皿にたっぷり盛りつけたシチューを一番に私に差し出してきた。

私は機械的にスプーンを口に運んだが、蓮のことばかり考えていて、味わうどころではなかった。それは最終的に、蓮は私のことをどう思っているのだろう、という一点に集約されていた。悩ましくて、すでにお腹がいっぱいだった。

それでも、

「どうだ、うまいか」と父が身を乗り出して聞いてくるので、舌に意識を集中させた。

全然おいしくなかった。

豚肉はよく煮込まれていたが、力任せに絞った雑巾のようにぱさぱさだった。とろけたジャガイモは歯ごたえがまったくない。何より、あの嫌な酸っぱいにおいをさせるトマトソースが口の中を悪くしてたまらなかった。

こんなことを口に出して言えるわけがないし、私の頭には今、蓮しか入らない。

それなのに、

「うまいか」

父が繰り返すので、私はうっとうしくなった。

「ああもう、おいしぃよ」

かん、と音を立ててスプーンをテーブルに置く。その振動が伝わり、皿からシチューが零れた。スープだけでなく、一緒に豚肉もごろっとテーブルに転がる。

瞬間、耳元で何かが弾けた。

しばらくは何が起こったのかわからなかった。時間差で、左の頬がじわじわと熱くなってくる。驚いてそこに手をやると、毛羽立った声が降ってきた。

「食べ物を粗末にするんじゃない」

真っ赤な顔をした父が、私の前で大きな手を震わせていた。

私は父に頬を張られたのだ。

しかも、父はまだ私を睨みつけていた。その眼光に押されるように、私はよろよろと席を立った。トランポリンの上に立ったように足下がおぼつかなかった。

「……ばか」

頭が壊れてしまったように、言いたくもないそんな言葉しか出てこなかった。

「ばかっ」

私は叫んで父から背を向け、廊下を走った。母の引き止める声を無視して家を飛び出した。外に出ると、黒い海を抱く坂道を一気に下りる。息が上がり、足がもつれた。急にがくんと暗闇が揺れ、膝に鈍い痛みが走る。転んでしまったのだ。

「うっ……」

ごつごつしたアスファルトから体を引き剥がしていると、涙が出てきた。痛みのためではない。

お父さんに叩かれた。

そのショックが、体中のあちこちで爆発していた。

もちろん、今まで父が私に手を上げたことは一度もなかった。私は父のかわいい娘だから。私の言うことは何でも聞いてくれたし、いつも私の機嫌を取ってくれた。母との口喧嘩《くちげんか》の時も必ず私の味方になってくれたくらいだ。それなのにどうして。

一度漏れ出してしまうと、もう抑えがきかなかった。唇を嚙《か》みしめているのに、涙が止まらない。

せめて声だけでも堪《こら》えようとしていると、体の横でシャッという音がした。

聞いたことのあるような声に、顔を上げた。暗がりの中に自転車に跨がった影が聳えていた。しばらくぼんやりと見上げていて、ようやくその顔が認識できた。

「あれ、君……」

「蓮？」

彼は私に向かって「うん？」と小首を傾げている。月明かりでブルーのシャツの色がうっすらとわかり、今朝、那見中の前で彼を見かけたことを思い出した。それで私は一日中、気を揉《も》んでいたのだが、遠い昔のことのように感じられた。

「どうした。何があったんだ」

相変わらず穏やかな口調で言いながら、蓮は自転車を降りた。私に向かって背を屈《かが》める。

「僕に話してごらん」

蓮がまっすぐに心配そうに、私だけを見ていた。

だが、私は首を横に振った。

「何でもないよ」

「そうは見えないよ」

「何でもないってば」

私は腕で目元を乱暴にごしごしと擦った。不思議なことに、今は蓮のことなどどうでもよくなっていた。好きとか嫌いとかではない。あれほど思い焦がれていた彼の姿が目に入ってこない。それよりも、私は父に頰を叩かれた。あの父に。浮かぶのはその時の光景ばかりだった。

「おい……」

口を結んで目元を拭い続ける私を前に、蓮は困惑しているようだった。その横をすり抜けて、私は道を引き返した。後ろから彼が控えめに声をかけてきたが、ふりかえらなかった。駆け下りた坂道をとぼとぼと上っていく。蓮の呼び声はやがて途絶えた。自分がどうしたいのかわからなかったが、初めから子どもの私に行くあてなどない。だから、家に戻るしかなかった。

坂は長かった。激情に任せてずいぶんな距離を駆け下りてしまったらしい。ログハウスが三角屋根から下を覗かせ、大きくなるまで時間がかかった。

ようやく建物の全体が見えてきた時、私ははっとした。暗い店の入り口の前に人影があった。

父だ。

大きな体を小動物のように落ち着きなく動かし、あたりをきょろきょろ見回している。私を捜しているのだ。

擦り傷の痛みで挫《くじ》けていた私の膝は、即座にばねの力を取り戻した。私は父に向かって駆け出していた。

「お父さん」

叫びながら気づいた。自分が家を飛び出したのに、私はもう父に会いたくてたまらなかったのだった。

私を見つけた父は両手を広げて駆け寄ってきた。その大きな胴に私は飛びつく。宥《なだ》めるように背中をさすられた。

「ごめんな」

ううん、と私は首を振った。また涙がぽろぽろと零れ落ちた。それと一緒に私の心を鱗《うろこ》のように覆っていた屈託も剝がれていく。

「私こそごめんなさい」

父のエプロンに顔を押しつけていると、レモンの香りがした。ここが私の居場所だった。すうっと喉の支《つか》えが消えていく。

十歳の私にとってはまだ父が世界の中心だった。そして、その世界は絶対に温かかったのだ。

八

終業後にスマートフォンを確認すると、渚からのメッセージが入っていた。聞き込みの準備が整ったという。

妃奈の潔白証明のために彼との提携を決めたのが一昨日のことなので、手回しが早い。メッセージには、できれば今日にでも打ち合わせをしたいとあった。私も同じ気持ちだ。午後九時以降なら、と応じると、すぐに返信がきた。午後十時に大学前駅のファストフード店で落ち合うことが決まった。

事務室を退勤して教務棟を出た私は建物の裏手を回り、演習林の方へ向かった。

黒っぽい木々の間からは錆の浮いたトタン屋根が覗いている。倉庫のように見える簡素な建物だが、元は農学部の研究室で、電気や水道の設備は整っているらしい。入り口には「そのあとクラブ」と子どものような字で書かれた張り紙がされている。

私は緊張しながら、立てつけの悪そうな引き戸に近づいていった。今夜が初めてのボランティアの日だった。自分に子守りのようなことができるか自信がない。好きか嫌いかわからないくらいに、子どもとかかわったことがないし、そもそも人付き合いが得意でない。だが、貴重な副業だ。妃奈の疑惑解消のために本格的に調査に乗り出すことになった以上、今後は何かと物入りになる。渚は見返りなしに動いてくれるようだが、交通費くらいは出すのが礼儀だろう。

手を伸ばした先に、

「お帰りなさい」

向こうからがらがらと引き戸が開けられた。鼻先に香辛料の香りがぶつかってくる。

「あ、小林さんでしたか」

エプロンをした桐宮が立っていた。

「今日からよろしくお願いします。上がってください」

玄関には桐宮のものらしいスニーカーがあるきりだった。子どもはまだ来ていないらしい。私はスニーカーの隣に自分のフラットシューズを揃えた。

上がってすぐのところにある小部屋に案内される。ボランティアのみ入れる休憩室のようだ。そこで向かい合わせで立ち、私は改めて桐宮に挨拶をした。

「よろしくお願いします」

「こちらこそよろしく。まずは貴重品を預かってもいいですか。そのあとクラブではスマホと財布をここに預けておくルールなんです」

桐宮は休憩室の奥を占領している年代物の金庫を指差した。盗難対策だろう。

「小学校なんかと違って、大学の中は誰でも入ってこられますからね。それに、ここにいる間は大人も子どもも生身の相手と向き合ってほしいんです。スマホがあるとそれが難しいですから」

貴重品を預けてから、今日の流れを聞いた。

「今夜のスタッフは僕と小林さん、あと学生がひとり、遅れて来る予定です。預かる子どもは五人、ひとりは初めて来る子どもなんで、注意して見てもらえると助かります。遊びに積極的に誘ってあげてください。夕食は七時からです……ああ、メモとか取らなくていいですよ」

バッグからボールペンを取り出した私を桐宮は笑って制した。

「忘れたら何度でも僕に聞いてもらったらいいんで。気楽にやってください」

「はい」

了承の返事が我ながらかたい。この調子でちゃんと子どもと接することができるのだろうか。

その時、引き戸の開閉音がした。

「子どもが来たようですね。行きましょうか」

桐宮が金庫の鍵を自身のポケットにしまった。

「ここでの挨拶はいつでも『お帰りなさい』なんで、小林さんも子ども達をそう言って迎えてあげてください」

「わかりました」

桐宮と二人で玄関に出た。

「お帰りなさい」

「ただいま……あっ」

玄関で靴を揃えていた男の子が、私を見上げて目を丸くした。小学校高学年くらいだろうか。

「おねえさん、初めての人？」

いきなり話しかけられて、戸惑った。会話を成立させようと何とか声を絞り出す。

「……う、うん」

「名前、何ていうの？」

「小林です」

「下の名前は？」

「美桜」

「ミオさんっていうんだ。学生さん？」

「ううん。この大学の事務職員をしています」

「へえ、ここで働いてるんだ。僕はヒロ。六年生。よろしくね」

男の子はにこっと笑いかけてきた。子どもというのはこれほど邪気のないものなのか。

「ヒロくん、初めてのミオさんにここを案内してくれないか」

子どもに何とか笑みを返そうと頑張る私をおもしろそうに眺めながら桐宮が言った。

「いいよ」

ランドセルを肩から下ろしながら、ヒロくんは大人びた口調で返す。

「ショウさんは晩ごはんの準備で忙しいもんね」

ここでは大人も子どもも名前で呼び合うことになっているらしい。

ヒロくんはさっそく私を連れて建物の中を回ってくれた。

休憩室を過ぎてすぐのところに大部屋があった。そのあとクラブの子ども達が主に過ごす場所らしい。棚にはブロックやぬいぐるみなど、ちょっとした遊び道具が置かれている。窓際には長机と本棚が据えられ、宿題や読書ができるようになっていた。

備品は全体的にくすみを帯びていて、寄贈されたものと思われた。

大部屋に続く部屋を、

「あっちが食堂とキッチン」とヒロくんが教えてくれた。

「晩ごはんは食堂の大きなテーブルでみんなで食べるんだよ」

キッチンのコンロに大鍋がかかっているのが見える。そこから漂うにおいから、今夜の夕食の献立の見当はついた。

「内緒で味見しようか」

ヒロくんが急に声を潜めた。

「ショウさんのつくるカレーはおいしいんだよ」

「いえ……」

どう反応したらいいか迷っていると、玄関の方から「お帰りなさい」という桐宮の声が聞こえた。

「ほかの子が来たみたいだよ」

私ははぐらかして、ヒロくんに子どもの出迎えを促した。

玄関には残りの四人の子どもが来ていた。それぞれが慣れた様子で言葉を交わしたり靴を脱いだりしている中で、一番小さな女の子がもじもじしている。初めて来た子だろう。桐宮が彼女の前に膝を折り、声をかけている。女の子が握りしめたスマートフォンを指差していることから、それを預けるように言っているのだろう。おとなしく桐宮にスマートフォンを渡した女の子は、いっそう小さくなったように見えた。目がおどおどと泳いでいる。心細いのだろう。

桐宮が私と子ども達に女の子を紹介した。ユズちゃんというらしい。桐宮に頼まれたように、積極的に声をかけてあげなくてはならない。頭ではわかっているが、身を縮こまらせる女の子を前になかなか体が動かなかった。だいたい、ここでは私も新参者で、ユズちゃん以外の三人の子どもとも初対面だった。その子ども達も、見慣れない大人と子どもの顔に少し緊張した様子だ。

するると、

「ユズちゃん、遊ぼうよ」

私の後からやってきたヒロくんが明るい声を響かせた。ごく自然な調子でユズちゃんに近づく。

「あっちの部屋にブロックとかトランプとか、いろいろあるよ。ユズちゃんは何で遊ぶのが好き？」

ユズちゃんの口元に耳を寄せる。彼女がそっと何かをつぶやいた。

「折り紙が好きなんだね。よし、あっちにいっぱい置いてあるから行こう」

ヒロくんはユズちゃんの手を取って大部屋に誘《いざな》った。その際、私の袖もちょっと引いて、

「このおねえさんはミオさんだよ。今日から一緒にいてくれるんだ」と周りの子に教えてくれる。これではどちらが子守りをしてもらっているのかわからない。

ためいきをつきそうになる私を、またにんまりと見ていた桐宮が、

「僕は料理の仕上げをするのでよろしく」

ささやくと、私達を追い抜いていく。

私は子ども達と大部屋に入った。ヒロくんが棚から色とりどりの折り紙を出してきて、長机の上に広げた。子ども達が思い思いの席に陣取って折り紙に手を伸ばす。地味な遊びを今時の子どもが喜ぶのかと思ったが、子ども達は皆、真剣に折り始めた。新入りのユズちゃんへの配慮に加えて、スマートフォンがない環境も影響しているのかもしれない。

長机のそばにぼうっと立っていたユズちゃんも、

「ほら、好きな色を選んでいいよ」とヒロくんに声をかけられて着席した。赤い紙を手に取り、さっそく折り始める。おそらくツルをつくろうとしているのだろう。その横に私も腰を下ろす。子ども達の選んだ遊びが折り紙だったことに内心ほっとしていた。運動が苦手なので、ボール遊びなどだったら何の役にも立てないところだ。また、折り紙はやっている間にしゃべり続ける必要がないのもいい。

白と黒の紙を選んで折っていると、

「それ、パンダ?」

細い声がした。ユズちゃんが私の手元を覗き込んでいた。

「そうだよ、よく途中でわかったね」

「何回かやろうとしたことがあるから」

私と目が合うと、ユズちゃんは顔を伏せた。それでも、小さな声で言う。

「でも、難しくてできなかった」

「じゃあ、一緒にやってみる？」

ユズちゃんは俯いたまま、こくんと頷いた。

「わたしもつくる」

会話を聞いていた向かいの席の女の子も言い出した。

「パンダって難しくて、器用な人しかうまく折れないんだよ。ミオさん、教えて」

副業と割り切っていた場で、私は思いもかけない温かさに触れた。

子ども達は大人よりもごく自然に私に話しかけ、身を寄せてきた。色とりどりの折り紙を一緒に折っていく中で、私はマスク越しに彼らと笑みさえ交わしていた。

いよいよパンダが完成間近となった時、

「こんばんは」

大部屋に女性の声が入ってきた。桐宮が遅れると言っていたボランティアの学生が来たのだろう。私は長机から顔を上げた。

あっと上げそうになった声を慌ててのみ込んだ。大部屋の入り口に立っている女性も、私の方を見ている。私はみるみる気持ちが重くなっていくのを感じた。

そんな私の様子に気づくはずもなく、周りの子ども達が次々と立ち上がり、

「マリンさんだ」と叫んで彼女に駆け寄っていった。

キッチンで調理道具を洗っていると、ぺたぺたと足音が聞こえた。

「ミオさん」

ヒロくんが流しのそばまで来て、小首を傾げていた。

「晩ごはん、本当に食べないの？」

彼の後ろの食堂からは、大人と子どもが食卓を囲む賑《にぎ》やかな声が聞こえてくる。

そちらに聞こえないよう、私は小声でヒロくんに返す。

「お腹空いてないから」

そのあとクラブでは、皆で一緒に夕食を取ることになっていた。最初に桐宮に説明された時から、私はそれを断っていた。同じ食卓に着いて皆の食事が終わるのを待っているのもおかしいので、ひとりキッチンで洗い物をしている。その姿がヒロくんは気になったらしい。

「今日のバターチキンカレーは特においしいよ」

「実はね、私、鶏肉が苦手なの」

嘘ではない。さらに言うならバターも無理だ。

私の返事に自身にも思いあたる節があるのか、ヒロくんは納得したように食堂に戻っていった。私は鍋をごしごしと磨く。

私がここでの夕食を固辞した本当の理由は好き嫌いのためではない。食事のためにマスクを外して醜い歯並びを見せたくなかったからだ。この本音はもちろん、桐宮にも明かしていない。

「たくさんつくったので、できれば小林さんにも食べてもらいたいんですが」と桐宮は最後まで残念そうだった。

「一緒に夕食を食べることで子ども達との仲も深まるし」

しつこいくらいの彼の勧誘を私は、遠慮する、という一言で押し通した。せっかく仲良くなり始めた子ども達の前でマスクを取る気にはとてもなれない。そこに私の素顔を知る人間がいるならなおさらだ。

私は横目で食堂の方を見た。大きなテーブルで桐宮と子ども達、そして海野真凛が賑やかに食事をしていた。

「マリンさん、それ本当？」

「できるよ。私、料理は得意なんだから」

「でもこの前、ショウさんを手伝った時に肉じゃがを焦がしたじゃんか」

「あれは香ばしくなるようにわざとやったの」

「嘘だ。あの日の肉じゃが、めちゃくちゃ苦かったよ」

「あはは」

真凛はカレースプーンを持ったまま、きれいな歯並びを見せて笑った。

まさか彼女がここでボランティアをしていたとは。

桐宮によれば、真凛は一ヶ月ほど前からそのあとクラブを手伝い始めたらしい。かわいくてはきはきとしゃべる彼女は、子ども達に人気があった。彼女が挨拶をして入ってきただけで、大部屋の空気は何か楽しいことが始まりそうな予感に包まれた。そうして、いろいろな遊びを提案する彼女に合わせて、子ども達の動きが活発になった。皆で折っていたパンダは未完成のまま放り出されてしまった。ユズちゃんもすっかり緊張が解けた様子で、食事中はずっと真凛の隣にべったりくっついている。

「へえ、ユズちゃんえらい。ニンジン食べられるんだ」

「こんな大きな塊でも一口で食べられるよ」

「本当？　食べてみせて」

ユズちゃんに向かって大きく頷く真凛の目が、ふとこちらへ流れた。私はさりげなく泡のついた鍋蓋を持ち上げて彼女の視線を遮った。

気まずい。

互いを紹介してくれる桐宮を挟んで、私と真凛は初対面を装った。桐宮を含めたその場の誰もが私達が知り合いだとは気づいていないだろう。

さすがに真凛は子ども達の前で私を馬鹿にして笑ったりはしなかった。だが、初めましてしまった。とにこやかに挨拶した後は、基本的に私を無視した。夕食までに声をかけられたのは一度だけだ。

「エアコンの温度、少し下げてもらえますか」と言われた。その時、彼女は低学年の子ども達に抱きつかれて両手が塞がっていたのだ。

完全に私を見下しているのだろう。真凛と顔を合わせるたび、化粧品を塗りたくっても隠せない顔の染みのように惨めな気持ちが浮かび上がる。

しかし、このままではよくない。鍋やお玉の泡を洗い流しながら私は考えた。ここでは私と真凛は元同級生ではなく、同じそのあとクラブのスタッフだった。子ども達のことを最優先に考えるべきだ。特に私はボランティアとはいえ報酬をもらっているのだから、私情を持ち込んではいけない。子ども達が不審に思わないように彼女に話しかけ、それなりにコミュニケーションを取った方がいいだろう。

洗い物を終えた私は意を決して食堂に向かった。テーブルを囲んだ大小の頭は、わいわい話しながら皿にたっぷり盛られたカレーを口に運んでいる。この中に自然に馴染もう。桐宮にも子ども達にも真凛にも同じ調子で声をかけるのだ。ちょうど真凛の隣の席が空いていたので、腰かけようとした時、

「痛っ」

真凛が小さく声を上げたので、私は動きを止めた。

どうしたの、どうしたの、と子ども達が真凛の方に身を乗り出す。

「口の中、噛んだの？」

「ううん、何か入ってた」

真凛は舌を出した。少し血の滲んだその上に陶器のかけらのようなものが載っていた。

「カレーに混ざっていたんですか」

桐宮が立ち上がる。

「すみません。気をつけてはいたんですが」

真凛に近づく彼に便乗して、私も思いきって声をかけた。

「大丈夫ですか」

真凛は桐宮の方をふりかえった。指で舌からかけらを取り除き、首を振る。

「気にしないでください。大したことないですから」

まるで私が見えていないかのようだった。

九

やはり、このままではよくない。

大部屋の電気を消しながら、私は再び思いを強くしていた。

夕食を終えた頃から、ぽつぽつと子ども達の保護者が迎えにやってきた。大部屋に満ちる声がひとつずつ減っていき、私達スタッフは残った子ども達の宿題を見た。最後の迎えがきたのは午後九時前だった。急にがらんとした室内を手分けして片づけ、この日のそのあとクラブの活動は終了となった。

「お疲れさまでした」

大部屋を片づけて廊下に出た私に、キッチンから出てきた桐宮が声をかけてくる。同時に、食堂の電気を消した真凛も現れた。三人で休憩室に向かった。一番後ろを歩く私は、茶色いポニーテールが揺れる真凛の後頭部を眺めた。

結局、彼女はずっと私を黙殺し続けた。やりにくいことこの上なく、最後まで残っていた子どもがヒロくんだったので何とか間が持ったようなものだ。

もはや有償ボランティアを仕事として捉えるなら、こういう人間もいると割り切って受け入れるしかなかった。私に非はなかった。昔から私を笑い、傷つけてきたのは相手の方だ。

しかし、今夜このまま黙って真凛と別れるわけにはいかないと私は思っていた。今や私と彼女のかかわりはそのあとクラブのスタッフ同士というだけではなかった。

なぜなら、私は真凛の彼氏の渚と連絡を取り合っている。これから会う約束もしている。妃奈の身の潔白の証明のためで、疚《やま》しいことはないのだが、真凛本人を前にして何も言わないのは後ろめたかった。先日の渚の口振りから、彼も恋人に私とのことは伝えていないだろう。

私と渚が手を組むようになった事情だけは彼女に説明しておきたい。そのために、桐宮を抜いた二人きりになれないものだろうか。

考えた直後に、チャンスはやってきた。

休憩室に入り、鍵を使って金庫を開けた桐宮が、

「戸締まりは僕がしておくので、先に帰ってもらってけっこうです」と言い出したのだ。金庫に預けられていた貴重品を返してもらい、帰り支度をして、真凛と私は順番に玄関に出た。先に真凛が引き戸を開ける。四角い暗闇が広がった。

声をかけるなら今だ。私は後ろから彼女に近づいた。

「あの」

ざくざくとヒールが地面の土を突き刺す音が響いた。私の声に反発するように、真凛の背中が遠ざかる。

「海野さん、待って」

私はフラットシューズに足を入れながら呼び止めようとしたが、とても追いつけない速さだった。真凛はブーツの尖ったヒールを鳴らし、演習林の中に消えていった。

急ぎの用事があるのだろうか。いや、今夜のそのあとクラブは予定より早めに終わったのだ。次の用事があったとしても、時間に余裕はあるはずだ。自分が徹底的に避けられているとしか考えられなかった。一言、断っておきたいだけなのに。

私は途方に暮れて、ざわざわと枝を揺らす木々の間の闇を眺めた。

遅れて、じわじわと怒りが湧いてくる。

真凛の態度はあんまりではないか。私が何をしたというのだろう。彼女の彼氏と行動することをちゃんと報告しなければと気を回した自分が馬鹿みたいだった。

そして、今夜の予定がひどく憂鬱になってきた。

これから会う約束をしているのは、あの意地悪な真凛の恋人なのだ。性格が合うから二人は付き合っているのだろう。だいたい、渚本人の感じもかなり悪かった。私に協力してくれる気のようだが、その動機が胡乱《うろん》だし、水戸を撃退した方法も嫌らしかった。やはり、彼と手を組むのはやめた方がいいだろうか。それなら、今から待ち合わせの場所に向かう必要もない。

そうだ、さっさと家に帰ろう。

大学の正門に向かって演習林を歩き始めた時だった。

「……小林」

背後からの声に、飛び上がりそうになった。ふりかえると、背後の闇に白いマスクが浮き上がって見えた。

「渚、さん」

まさに今、頭に思い浮かべていた男が立っていた。少し顎を引いて私を見下ろしている。

約束を反故《ほご》にしようとしていた相手を前に、私はとっさに言葉が継げなかった。どうして渚がここに。彼とは大学駅前のファストフード店で落ち合うことになっていたのに。ここから店までは緩い坂を上って二十分はかかる。

そこまで考えて、思いあたった。渚はボランティアを終えた彼女を迎えにきたのではないか。

「海野さんならもう帰りましたよ」

私は真凛が去った方を指差した。すると、

「違う」

渚は気だるげに首を振った。

「あんたを迎えにきた」

「え?」

「正門にまだあんたの出待ちがいる」

「こんな時間まで」

報道陣のしつこさに私は驚いた。

「じゃあ裏門から」

「そっちはユーチューバーどもの溜まり場だ。昼に小林妃奈の親友とかいう女の動画が投稿されたらしくて、事件への注目がまた高まっている。今、あんたがのこのこと校門から出ていったら、確実に捕まるぞ。打ち合わせどころじゃなくなる」

まだ夕食も入れていない胃がぐっと重くなった。今度は一体どのような動画が上げられたのだろう。

「俺の知っている抜け道がある。そこから学外に出た方がいい。口で説明するのは難しいから、直接こっちに来た」

渚は言いながら歩き始める。私を逃がすために道案内をしてくれるらしい。

しかし、私は素直についていく気になれなかった。人を食っているのか思いやりがあるのか、彼の言動には落差がある。この人は何を考えているのだろう。

渚の後ろ姿を黙って眺めていると、

「見てられないんだよ」

その肩が一度、波立った。

「苛《いら》つくんだよ。あんたのその感じ、すごく似ている」

「……何にですか」

妹みたいに思ってた」

渚のぼそぼそした声を聞き取るために、私はやむなく足を踏み出し、彼に近づいた。

「ガキの頃、一緒に遊んだ近所の子どもだ。愚図で泣き虫で、でも優しかった。妹みたいに思ってた」

しっとりした土と草木のにおいを感じながら、演習林の奥を進んでいく。

「そいつが大学生になった時、使っていたSNSのアカウントが炎上した。バイト先で不始末をしでかした友達がいたんだが、その女のアカウントと混同されたらしい。たちまち本名が特定されて、ネット上に個人情報が晒された。そいつの自宅に押し掛ける人間もいた」

木陰が月を遮り、渚の顔はほとんど見えなかった。

「放っておけばいいのに、そいつは炎上に誠実に対応しようとした。ネット上で釈明をして、自宅に押し掛けてきたやつにも事情を説明して、誤解を解こうとした。根がまじめだったんだろう。どんな相手にも馬鹿丁寧に接した。そんなことをしてもどうにもならないと悟った時には遅かった。そいつの神経は限界まで疲弊していた。社会がそいつの反応をおもしろがって、いっそう袋叩きにしたからだ。それから一年もしないうちに、俺の幼馴染みは風呂場で手首を切って自殺した」

「……」

「帰省した時にその話を聞かされた俺は、ジャーナリストになると決めた」

静かな口調に、語り手の痛みを感じた。私は彼が亡くした幼馴染みと似ているのか。だから、この闇の中を導こうとしているのか。

「この前、記者の水戸とかいう女にかけたのは、死んだ幼馴染みの血だ」

ぎょっとして、思わず歩みが止まった。私を一瞥した渚は、

「というのは冗談だ」

からかうように目を細めた。

「あれはただの色水だ」

渚は一度、言葉を切り、話の続きのように、

「ここだ」と前方を指差した。目を凝らして見ると、大学の敷地を囲う柵の一部が途切れていた。ここから抜ければ待ち伏せしている報道陣に見つかることはないだろう。

「――ああ」

柵の隙間に体を入れた渚が、こちらをふりかえった。

「今の話、真凛ちゃんには言うなよ」

私の目を真剣に見て言う。

私は頷いていた。

とりあえず、彼と真凛のこととは分けて考えようと思った。

抜け道を使ったおかげで、誰に遭遇することもなく駅前のファストフード店に到着することができた。

二階席に上がり、向かい合って座ると、前置きもなく、

「川喜多弘《かわきたひろし》」

渚が言った。

「新貝東の駅裏でトレステヴェレという小さなイタリアンを経営していた。知ってるか？」

「いえ」と私は首を横に振った。新貝東駅から歩いて帰ることはよくあるが、その人物にも店にも聞き覚えはない。だいたい、駅裏は小さな飲食店が密集している地区なのだ。よほどの有名店でないと把握はできない。

「こんな顔なんだが」

渚がスマートフォンを見せてくる。その画面には優しそうな風貌の中年男性が映っていた。調理白衣を着ていることから、シェフのようだ。

「知りません。誰なんですか、この人は」

「Aさんだ」

一年前に事故死したという妃奈の交際相手だ。彼の保険金を妃奈が受け取り、それ

を彼の大伯母とやらが週刊リアルの記者相手に騒ぎ立てたことで今回の疑惑が持ち上がった。

「よくAさんの素性がわかりましたね」

一応、私もインターネットで検索をかけたのだが、Aさんの名前すら特定できなかった。週刊誌が情報提供者を秘匿しているのだろう。

「これくらいわけもない。この男とあんたはまったく面識がないんだな」

渚が確認する。写真を眺めやりながら、私は頷いた。

「じゃあ、川喜多のことは俺が調べよう。明日、トレステヴェレのあったあたりで聞き込みをする。あと、川喜多の大伯母にも話を聞きたい。うるさそうなばあさんだが、その分、嘘をついているなら簡単にぼろを出しそうだ。あんたはこっちを頼む」

彼はテーブルの上に分厚い冊子を二冊、置いた。

「銅森の出身高校の卒業アルバムと同窓生名簿だ。これで銅森の同窓生の顔と住所がわかるから、やつの地元の筑野に行って聞き込みをしてきてくれ」

「わかりました」と答えながら、私は感心していた。本当に、渚はどうやって短期間にこれほどの情報を仕入れてくるのだろう。しかも、アルバムも名簿もコピーではなく現物だ。

「明後日、仕事が休みなので、行ってきます」

「あんたが聞き込みをすることに意味がある」

渚はためらいもなく私の顔を指差した。

「姉妹だけあって、あんたは小林妃奈にそっくりだ。その顔で真相が知りたいと聞いて回れば、俺が聞くよりも地元の人間は率直に語ってくれそうだ」

そっくりというのは、あくまでもマスクをした状態でのことだ。私は相手からは見えない口元に苦い笑いを浮かべた。妃奈はマスクを外してもきれいだった。

私の表情の変化に気づかず渚は続ける。

「この同窓生名簿はちょっと古いから、小林妃奈の世代の分はない。だから今のところ、彼女の地元の友人知人はわからない。まあ、銅森の知り合いから辿っていけばいずれ繋がるだろう。とにかく、あんたには向こうでできるだけ多くの人間に聞き込みをしてきてほしい」

「はい」

「ああ、それと」

渚は燕脂色の表紙の卒業アルバムを引き寄せて開いた。ぺりぺりとくっついたページが剝がされる音がする。誰のアルバムかは知らないが、銅森の世代が高校を卒業したのは十数年前で、劣化し始めているのだろう。

「これを見て覚えておいてほしい」

渚は私にとあるページを開いて見せた。その年の卒業生らしい顔写真がずらりと並んでいる。

私の目は自然と真ん中あたりの写真に吸い寄せられた。高校時代の銅森がほほえんでいる。顔も雰囲気も今とほとんど変わらない。短い黒髪だけが高校生らしい印象を与えている。

しかし、渚の指先は若い銅森の顔の上を滑って別の卒業生を示した。

坊主頭の男性だった。細く剃《そ》り上げた眉毛の下の目で、掬《すく》い上げるようにこちらを睨みつけている。顔写真の名前は金田拓也《かねだたくや》となっている。

「こいつは銅森の幼馴染みらしい。家も近所でずっと一緒に育ったそうだ」

渚の説明を聞きながら、私は内心で首を傾げていた。いかにも地元の不良といった感じのこの顔に、うっすらと既視感があった。なぜだろう。

記憶を探り、思い出した。つい先日のことだ。銅森に面会を求めにいった時、筑野バルが本社を構えるビルの前で見た。坊主頭でくだけた格好をした男がビルに入っていき、私もそれに便乗した。たぶん、あの坊主頭が金田だった。

「聞き込みでもこの男にだけは触るな」

渚の声に、金田の写真を眺めていた私は顔を上げた。真顔の渚と目が合った。

「今、金田は銅森の片腕だ。筑野バルの社長の用心棒と言われている。よくない噂《うわさ》も聞いているから、近寄らない方がいい」

段取りを決め、渚と並んでファストフード店を出た。

ぴしり、と肌にひびが入りそうなほど夜気が冷たくなっていた。羽織ったコートの襟を急いで合わせていると、

「小林美桜さん」と声をかけられた。ダウンで着膨れした中年男性が近づいてくる。

「週刊リアルです」

私は顔をしかめそうになった。こんな夜更けにまで待ち伏せされていたとは。今夜は水戸ではなく別の記者のようだが、報道陣の中でも週刊リアルは特にしつこい。

「ご一緒にいるのはお付き合いされている方ですか」

どうしてそう考えが飛躍するのだ。違います、と言いかけて、そもそも相手にするべきでないと思い至った。隣の渚も知らん顔をしている。私は口を結び、駅へ向かうことで記者の男から離れようとした。

「ちょっと待ってくださいよ、小林さん」

彼はなれなれしい口調で後をついてくる。

「毎回、あなたから情報を取ろうってばかりでもないんですよ。今夜はこちらから重大な事実をお伝えしておこうかと」

「……」

「小林さんにとって聞き捨てならない話だと思いますよ」

私は足を速めた。この男は水戸より嫌いだと思った。直截《ちょくせつ》に知りたいことを質《ただ》す彼女と違って、先に撒《ま》き餌《え》のように情報を出してくるやり方が気に入らない。

しかし、

「出所した佐神翔が所在不明になっているのを知っていますか」

足が止まった。顔の周りに白い息が停滞する。

今、彼は何と言った。

「ねえ、小林さん」

頭がぐらぐらする中で、背後から声と足音が迫ってくる。

その時、コートの袖をぐいと引かれた。

「行くぞ」

渚だった。彼が私の袖を摑んでどんどん歩いていく。その勢いで私も前進してしまう。息が上がるほどの速度で、いくつもの角が曲がられた。

記者の男は深追いしてこなかった。

数分後、私達は駅裏の路地に佇んでいた。小さな工場がぽつぽつと建っているばかりの寂しいところだった。

私はしばらく膝に手をついて息をした。街灯の遠い光でできた二人分の影が足下に滲んでいる。ほかに動くものはなく、周囲は静まりかえっていた。その路上に、

「佐神っていうのはあんたの父親を殺した少年だったな」

低く響いた声に、私は驚いて渚を見た。知っていたのか。

「あんたの家族のことを検索すれば、それくらいはすぐにわかる」

いっそう気が重くなった。我が家は被害者であり続ける定めにあるのだろうか。

佐神翔。十年前に父を殺した男。

当時十四歳だった彼は少年法の適用を受けて刑罰を科されず、保護処分となって少年院に入っただけだった。最近になってそこから出所したらしいと聞いた。妃奈が最後に会った時、教えてくれた。あの男が社会に出てきたと思うだけで吐き気がしていたが、後に行方を晦《くら》ましていたのか。一体どこに、何のために。

「さっきの一言以上に、あの記者が知っている事実はないはずだ」

渚が私の心を読んだように言った。

「所在不明になったという情報なんだから、今どこにいるかは把握しようがない。せいぜい、いつ頃姿を見かけなくなったということくらいしか、やつは摑んでいないだろう。あそこで引き留められていたら、相手の思う壺《つぼ》だった」

「わかっています」

荒い息の下で私は言い返した。それくらいわかっていたが、週刊リアルの記者の言葉に体が動かなかったのだ。こんなところで名前を聞くとは思わなかった。今、自分の立っている道の延長線上を、あたり前のように闊歩《かっぽ》しているのっぺらぼうの佐神の姿が脳裏に浮かんだ。

言葉もなく足下の影を眺めていると、渚がふと思いついたように言った。

「今回の件に佐神がかかわっているということはないだろうか」

私は目を見開いた。

「まさか」

「行方がわからないんだろう？　あれほどの事件を起こしたなら、少年院を出所した後でも保護観察がついていたはずだ。だが、佐神がその目を逃れたなら、何をしていても不思議じゃない」

人を殺していても。

私は佐神を憎み、そして軽蔑《けいべつ》している。十代にして殺人を犯すような男は尋常な精神の持ち主ではない。根が腐り、歪みきってしまっているのだ。十年ほど矯正や治療を受けたところで更生できるとはとうてい思えない。塀の外へ出ても、社会に受け入れられるような生き方はできないだろう。また罪を犯す可能性はきわめて高いのではないか。

「佐神が今度はあんたの妹を手にかけていたとしたら」

渚が考え考え言葉を紡ぐ。

「そうだとしたら、あんたの妹の事件と保険金疑惑は無関係だ。今、世間で疑われているような推測は成り立たなくなる。小林妃奈に非は一切ない。彼女は純然たる被害者だ」

確かにそういうことにはなる。私は妹の無実を信じている。それでも。

「まさか」

私は繰り返した。私達一家が二度も同じ通り魔に襲われるということがあるだろうか。

十年前、佐神が父を殺害した動機は、人を殺してみたかった、というものだった。猟奇殺人犯にとってはいかにもありそうな心理で、そこに私の父との因果関係はない。父の事件が起こるまで、私達家族全員が佐神の名前を知らなかった。恨みこそすれ、彼に恨まれる筋合いはないのだった。父を殺した佐神が、出所後に今度は妃奈を狙う理由がない。

渚も同じことを思ったようだ。

「だよな」というつぶやきが、暗がりの中に溶けていった。

十

物心のつく前後から、佐神の脳裏に刻み込まれている光景がある。

月明かりの下、黒い川の上に木組みの橋が大きな弧を描いている。橋の欄干には擬《ぎ》宝《ぼ》珠《し》が等間隔に並んでいる。そのひとつの上にすらりと立つ、長身の少年。浅黄色の狩衣を纏い、ポニーテールのような総髪を夜風に靡《なび》かせている。

にわかに、橋の上に人影がぞろぞろと集まる。いずれも屈強な男達だ。彼らは一斉に少年に襲いかかり、擬宝珠の上から引きずり下ろそうとする。

その手が届く前に、少年は高々と跳び上がった。満月を背に刀を抜く。秋刀魚《さんま》の腹のような刀身がきらりと閃《ひらめ》く。橋の上に降り立ちざま、少年は刀を振るう。

すぱあん、と下衆《げす》のひとりが斬られた。返す刀で、すぱあん、と今度は別のをやる。少年は軽々と刀を振るい、そのたびに、すぱあん、すぱあん、と人が斬り捨てられていく。

その光景に音はない。ただ、ささやくような不思議な旋律が耳の奥で踊っている。

――ウシワカ、ウシワカ。

少年が鮮やかに斬り回る中で、その旋律が永久に続く。

人に話せば笑われるだろう。あなたは勘違いをしている、と。

牛若丸《うしわかまる》はそんなふうに人を斬ったりはしていない。京の五条大橋《ごじょうおおはし》で通行人に狼藉《ろうぜき》をはたらいていたのは弁慶《べんけい》の方だ。それを牛若丸は懲らしめただけだ。しかも乱闘ではなく、弁慶と一対一の勝負だった。

客観的にその意見は正しい。佐神は幼い頃にテレビの時代劇か何かを目にして、思い込みをしたのだろう。

だが、佐神にとって脳裏のウシワカこそが事実で、絶対だった。

佐神は彼に憧れた。食事をしている時も、遊んでいる時も、眠っている時以外は常にその姿が頭の隅に見え隠れしていた。いや、夢にも頻繁に出てきた。

すぱあん、すぱあん。

ウシワカ、ウシワカ。

刀を振るうと、すっと刃先が肉に食い込む。蒲鉾《かまぼこ》を箸《はし》で突き刺した時のように。直後に白刃は、ぱあんと肉を断ち切って外に抜ける。クロールの手で水を掻《か》き分けた時のように。

その感覚を想像し続けた。そして、燃えるように思った。

斬りたい。

人を、すぱあんと斬ってみたい。

その思いを口外したことはない。子ども心にも、親にさえ知られてはいけない感情だという自覚があった。だが、胸の奥に押し隠しても情熱はいっこうに治まらなかった。それどころか、いっそう体中で燃え広がった。しかも、心身の成長とともに熱は上がっていく。ウシワカのようにできたら、どれほど幸せだろうか。生まれ育った街の空を見上げ、海を見つめ、自分に話しかけてくる両親や友人達の顔を眺めながら思い続けた。

そうして、十代にしてその思いを遂げることに決めた。

佐神が育ったのは海沿いののどかな田舎で、漁業よりも農業が盛んだった。祖父母が畑を持っていた名残りで、彼の自宅の倉庫には古い農具があった。そこから鉈《なた》を持ち出した。標的も定めて、ためらいなく襲いかかった。

しかし、その直後に佐神を貫いたのは、深い後悔だった。

すでに一撃目から違っていた。人を破壊するその感触に、佐神は激しく動揺した。人斬りは楽しい行為ではなかったのか。幸せを感じられるものではなかったのか。現実は、何千回も繰り返し思い浮かべた虹色の空想とかけ離れていた。美しさなどかけらもない、ただ生々しく気色の悪い殺人の手応えでしかなかった。また、返り血がおそろしく、佐神は思わず目を閉じた。泣きそうになりながら、誓った。

もうこんな愚かな行為は二度とすまい、と。

十一

「もしかしてあんたかい」

セールスお断り、と書かれた黄ばんだシールの貼られた引き戸から覗いた顔は、初めからしかめられていた。

「銅森さんのストーカー女っていうのは」

中年女性のたくましい胴体から、町内一帯に響きわたるような声が放たれた。私は思わず玄関から後ずさる。初めて聞く話だ。

「銅森さんの周辺を嗅ぎ回っているそうじゃないか。この前は銅森さんの実家が空き巣に入られたっていうけど、あんたがやったのかい」

「ち、違います」

「じゃあ誤解されるようなことをするんじゃないよ。いろいろと噂になってるよ」

私が言葉を返す前に、音を立てて引き戸が閉められた。

私はしばらく茶色い民家の前で立ち竦んでいた。午後の斜めの日差しが足下だけを照らしている。朝に来て、もう噂になっているのか。

初めて訪れた筑野市で、私は途方に暮れていた。

最初から嫌な予感はしていた。

休日の朝一番の電車に乗って私は筑野へ向かった。銅森と妃奈の関係について聞き込みをするためだ。

所在不明になった佐神のことが気にならないわけではないが、私達がどうこうできる問題ではない。それに、妃奈の潔白の証明が私の中では先決だった。

訪問先は、渚から預かった銅森の高校の卒業アルバムと同窓生名簿を元に、事前にリストアップしてあった。ただ、そのリストを使う前に、私は筑野に住む父方の叔父の家を目指した。そこは、父の死によって私達一家が離散した後、妃奈が身を寄せたところだった。

妃奈の自宅で整理した遺品の中に卒業アルバムの類はなかった。もしかすると叔父の家に残っているかもしれない。あれば妃奈の学生時代の交友関係が摑める。そう考えて、叔父のもとを訪ねる気になったのだ。

駅から本数の少ないバスに乗り、車窓から初めての筑野の町並みを眺めた。

寂しい町、という印象を受けた。

田舎で人口が少ないからというわけではないだろう。私の育った那見市も過疎化の進む片田舎だった。海がないからだろうか、などと考えながら気づいた。筑野は民家がどれも古いのだ。

山合いの田畑にへばりつくように建っている家は田舎にしては小さく、新しい建物がほとんどない。ただし、古いといっても歴史を感じさせるほどではない。昭和の時代に建てられたとおぼしき家屋が、そのまま老朽化しているという感じだった。地域一帯が貧しいのだろう。

思えば、那見は小さいながらも海辺に観光地があり、特産品があった。対して、筑野の名所や名物はちょっと思いつかない。銅森の興した筑野バルが脚光を浴びて初めてその地名が世間に認知されたくらいだろう。そうした経済状態が地域の見た目に表れているらしい。

バスを降りた私は、筑野の中では平均的な築年数と大きさの一軒家の前に立った。小林という表札のついていることから、ここが叔父の家で間違いないだろう。妃奈は高校を卒業するまで、叔父夫婦と二人の従姉妹と一緒に暮らしていた。私自身は、叔父一家とは十年前に父の葬儀で顔を合わせたきりだった。

チャイムを鳴らした私は、そこで最初の洗礼を受けた。

玄関に出てきた叔父に名乗った途端、

「おまえの妹は大変なことをしてくれたな」

彼は目を三角にした。周囲を憚《はばか》りながら、抑えた声で私に詰め寄ってくる。

「今、うちがどれだけ肩身の狭い思いをしているかわかるか」

私は妃奈ではないが、マスクをつけた姿が彼女そっくりだったので、怒りが再燃したのだろう。彼は報道されている妃奈の保険金詐欺疑惑を頭から信じているようだった。

「ちゃんと育ててやったのに、何だったんだあいつは。よりによって銅森さんにあんなことを……。うちの娘達まであばずれみたいに見られる」

私はそっと玄関の奥へ目をやった。廊下に人影はなかったが、こちらからは見えないところで息を潜めて様子を窺っている気配があった。叔母か従姉妹達だろう。高校時代、一緒に暮らす従姉妹が意地悪で嫌だ、と妃奈は言っていた。そんなことを考えていると、

「今度はおまえか。何をしにきた」

叔父の唾が飛んできたので、私は身を引いた。とても家に上げてもらったり、妃奈の卒業アルバムがないか聞いたりできる雰囲気ではなかった。私は早々に退散した。少しでも期待した自分が馬鹿だった。もともと、妃奈の訃報を伝えても返事ひとつ寄越さなかった親戚だった。私は妃奈の卒業アルバムは諦め、気を取り直して銅森の地元の知り合いに聞き込みにあたることにした。

だが、それから数時間、私は胃のしくしくする思いを味わい続けることになった。

私は高校卒業当時に銅森と同じクラスだった同窓生の住所を中心に訪ねて回った。

同窓生達が実家に残っている割合は都市部より高かった。特に男性が多いのは、家業の農業を継いでいるからだろう。同窓生が独立していても、実家には彼らの両親が残っており、皆、銅森と妃奈のことを知っていた。

私が訪ねていくと、人々は揃って顔を険しくした。叔父と同じように、妃奈が保険金詐欺を目論み、銅森がその被害者になりかけたことを疑っていなかった。

「あの保険金女の姉か」

「今度はあんたが銅森さんを誑《たぶら》かしにきたのか」

「警察を呼びますよ」

中には心ない言葉を投げつけてくる人もいた。最初の叔父の応対が一番ましに思えたほどだった。ついには聞き込みをする私も、銅森のストーカー女と疑われてしまう始末だった。

セールスお断り、のシールのついた引き戸の家から離れた私は、思わず深々とためいきをついた。もう十軒以上回ったが、望むような証言はひとつも得られていなかった。

ここでは皆が銅森を慕い、妃奈を蔑んでいた。地元で妃奈の評判が悪かったというよりは、銅森の人徳だろう。地元の食材を生かした筑野バルを興し、軌道に乗せた銅森は筑野の英雄なのだ。彼は筑野に経済効果を及ぼしたばかりでなく、孝行息子としても知られていた。聞き込みをする中で逸話をいくつも聞かされた。たとえば、最近は両親のために筑野に豪邸を建てたらしい。

だから、銅森が疑惑をほのめかした妃奈は筑野では絶対的な悪なのだ。

私はひとりぼっちの気分だった。

すぐには次の訪問先に向かう元気が湧かず、とぼとぼと乾いた道路を歩く。向こうに白く四角い建物が見えた。大型スーパーのようだ。一旦、聞き込みを中断して、そこで昼食を買うことにする。

スーパーは川向こうにあった。橋を渡る際に油の浮いた川面が見えた。その細い川沿いにはバラックが集まっていた。洗濯物が干してあることから廃屋ではないようだ。一応、リストを確認したが、聞き込みをする人物はそこには住んでいなかった。

スーパーに入ると、少しほっとした。貝東にもあるチェーンの店なので、内装に馴染みがある。菓子パンを買い、店先のイートインスペースで遅い昼食を取った。飲み物は自宅から持参した水筒のお茶だ。あまり空腹ではなく、おいしいとも感じられなかったので、食べ終わるのに五分もかからなかった。ウェットティッシュで手を拭いていると、

「妃奈ちゃんだ」

女の子の甲高い声がした。私はふりかえった。

「妃奈ちゃんだ。やっぱり妃奈ちゃんだ」

ピンクのワンピースを着た女の子がうれしそうに飛び跳ねている。

いや、女の子ではなかった。身振りは幼いが、私と同じくらいの年の女性だった。その言動から、何らかの知的な障害があることが察せられた。

しかし、そうでなくても、彼女が私を妃奈と見間違えてもおかしくはないだろう。私はマスクをつけていると見た目が妃奈とそっくりなのだ。食事中も外さずに、菓子パンを小さくちぎってマスクの下から口の中に入れていた。死んだことを知らなければ、妃奈が地元に帰ってきているように見えても不思議はない。

「妃奈ちゃん、遊ぼうよう」

女性は私に近づいてきて、腕を引っ張った。私は確信した。彼女はきっと本当の妃奈を知っている。

「ねえ」

前のめりになって話しかけようとしたところで、

「こら、ちょっと」

私の前から急に女性の顔が遠のいた。後ろから来た年配の女性が、彼女の肩をぐいと引いたのだ。

「何してるの。マコ、行くよ」

口振りから、彼女の母親と思われた。マコというのが女性の名前なのだろう。

「だって妃奈ちゃんが」

「そんなはずないでしょ」

大柄な母親は文字通りマコを引きずって店を出ていった。追いかけていって尋ねる間もなかった。そうしたところで、マコが返答するのを母親は許さないだろう。彼女は私に一瞥もくれなかった。銅森を支持する典型的な筑野の人間に違いない。

私は昼食で出たゴミを片づけ、再び聞き込みに出る準備をし始めた。さっきよりも少しだけ体にエネルギーが補給された気がした。

やはり妃奈の本当の姿が別にある。あの無邪気な女性が慕うような姿が。地道に調査を続けていけば、もっとしっかりとしたものが見つかるはずだ。

スーパーを出ると駐車場が広がっている。休日なので駐車スペースの大部分が車で埋まっていた。私も運転免許を持っていればもっと楽に聞き込みができるだろう。朝から歩き通しでむくんだ足を動かしながら思った。

と、大きなバンの陰から誰か出てきた。すれ違おうとするが、向こうが動かないので前に進めない。

「おい、おまえ」

私は相手を見上げて息をのんだ。

「おまえ、小林の姉だか何だかを名乗って、銅森のことを嗅ぎ回っているらしいな」

細い眉を極端に寄せた坊主頭の男が私を睨みつけていた。金田だ。銅森の幼馴染みかつ片腕。渚によればこの男は近づいてはならない要注意人物だった。どうして私の動きが知れたのだろう。そして、金田は筑野バルの本社のある貝東にいるのではなかったか。

金田はゴリラのように前屈みになって私に顔を近づけた。

「ここがどこかわかってんのか。ふざけたことしてんじゃねえぞ」

何がふざけているのかよくわからない。だが、私の膝は勝手に震え始めた。金田の大きな顔面と低い声は迫力があった。

「今すぐ帰って、二度とうちに近づくんじゃねえ。またよけいなことをしたら……わかってるだろうな」

「……」

何か言わなければいけない気がした。だが、急速に冷えてきた上下の唇がぺたりと貼りついてしまった。

一言も返事ができないうちに、金田は肩で風を切り、私の前から去っていった。

十二

夜のまだ早いうちに私は貝東に戻ってきた。

筑野で金田から受けた忠告に従ったわけではない。脅されてやめる気にはならなかったが、数日はかかると思われた聞き込みのリストの大部分が消化できてしまったからだ。それは、成果が上がらなかったことを意味した。ほとんど誰にも相手にされなかったので、聞き込みが早く済んだのだ。マコに再び巡り会うこともできなかった。夕暮れに筑野の駅前でがっかりしていると、渚から首尾を問う連絡が入った。彼の方は川喜多という男のことを調べている。そこで、貝東に戻って互いに結果を報告し合うことになった。私には特に話せることがないのだが。

待ち合わせ場所に渚が指定した店は、筑野バルの本社の入るビル近くにあった。ビルの目の前といっていい。チェーン店ではない洒落た雰囲気のカフェで、入るのに気後れがした。きっとコーヒー一杯でも高いだろう。

スーツ姿の客が多いオフィス街のカフェで、ラフな格好の渚は浮いていた。窓際の席で、肘をついて窓の外を眺めている。

その前に腰を下ろし、注文を済ませた後、

「川喜多という人の件で何かわかりましたか」

こちらは収穫がなかったので、私の方から聞いた。

川喜多弘は銅森とは別の妃奈の元交際相手だ。彼の死が妃奈の保険金詐欺疑惑の発端となった。渚はその疑惑を晴らす証拠を探していた。

「二人が交際していた当時の状況はいろいろ聞けたが」と言いながら、渚はようやくこちらを向いた。

「結論から言うと、小林妃奈の潔白に繋がりそうな話は見つからなかった」

今日、私達は一歩も前進できなかったらしい。

「川喜多は死亡当時、三十七歳。雇われの料理人だったが、三年前に独立してトレステヴェレというイタリアンを開店し、ひとりで切り盛りしていた」

私は改めて驚いた。渚に見せられた顔写真から年上だとは思ったが、川喜多が妃奈とひと回り以上も年が離れていたとは。彼といい、銅森といい、妃奈は年上好きだったらしい。

いや、好みの問題というよりは、仕事の外回りで会う人間がその世代が多かったのではないか。妃奈は保険外交員だった。若い世代は生命保険の加入などあまり考えない。

その私の想像はあたっていた。

「小林妃奈は営業の外回りでトレステヴェレを訪問して、川喜多と知り合ったそうだ。二人が交際を始めたのと、川喜多が小林妃奈の勧めで生命保険に入ったのはほとんど同時期だ。保険金の受取人は彼女になっていた。そして、その半年後に川喜多は事故死し、保険金全額が受取人に支払われた」

「偶然じゃないですか」

「確かに、小林妃奈が保険金殺人を犯したという決定的な証拠はない。ただ、川喜多の件ではその疑いを抱かせるようなグレーな要素が多い」

渚は一度、窓に目をやってから続ける。

「まず、川喜多の死因だが、事故といっても交通事故のように明確に状況がわかるものじゃなかった。山中での滑落死なんだ。店の定休日に近場で山登りをして足を滑らせたらしい。その翌日に登山者が死体を発見して発覚したから、目撃者はいない。川喜多の知り合い達は、彼に山登りの趣味があったとは知らなかったと言っている」

「急に思い立ってやってみようと思ったんじゃないですか」

「そうかもな。ちなみに、小林妃奈は川喜多の山登りに同行していなかった。だが死亡事故が起こった時、彼女のアリバイもわかっていない」

だから、妃奈が保険金目あてで川喜多を崖から突き落としたと考えられるというのか。あまりに短絡的だ。私は反論しようとしたが、その前に渚が口を開いた。

「それから、川喜多がなぜ生命保険の受取人を小林妃奈にしていたのかも解せない」

「家族がいなかったからじゃないですか」

報道によれば、独身の川喜多には両親や兄弟がなかった。唯一の縁者である大伯母ともそれほど親しくしていたとは思われない。

「それならそもそも生命保険に入らないだろう。自分が死んでも生活に困る人間がいないわけだから。小林妃奈の営業成績に貢献するために何か保険を契約するのなら、個人年金にでもすればいい。川喜多が加入していたのは火災保険も兼ねたものだったらしいが、それにしても生命保険は不自然だ。ふつう、付き合い始めたばかりで結婚するかもわからない相手を受取人にして生命保険に入るか？」

「……付き合い始めてすぐに結婚する気になったんじゃないですか」

「そうだったとしても、当時の川喜多には経済的な余裕がなかった。銀行から多額の借金をして開店させたトレステヴェレの経営に苦労していたようなんだ。コロナ禍があったし、店を繁盛させるには料理の腕とは別の能力も必要だからな。店を畳むことも考えなければいけない状態だったそうだ。そんな中で、店のためにも自分のためにもならない保険の掛け金を支払うくらいなら、残っている借金を返した方がいいのは誰にでもわかる。にもかかわらず、小林妃奈は川喜多に自分を受取人にした生命保険の契約を結ばせた。恋人をうまく言いくるめたか、本人の了解も得ずに勝手に判を押したか」

　渚はコーヒーを含んでひと呼吸おいた。

「そうだとしたら、彼女はとんでもない女だ。悪女だから、保険金殺人までやりかねない、とまで世間の想像力が暴走する」

「待ってください」と私は口を挟んだ。

「川喜多が自殺した可能性はありませんか」

　彼は店の資金繰りに苦しんでいた。不謹慎な考えだが、事故死ではなく自ら命を絶ったことが明らかになれば、妃奈の立場もまた変わる。

　ところが、

「それはない」

　渚は言いきった。

「事故の起こる前、というか、小林妃奈と付き合い始めてから、川喜多は前向きになったそうだ。ずっと経営不振に悩んでいたが、彼女が何かと励ましてくれて元気が出たらしい。傾いた店の経営を何とかして立て直したいと奮闘していた。だから自殺はあり得ない、と川喜多の知人達は揃って証言していた。社会的にも事故と判断されたからこそ、保険会社から小林妃奈へ、迅速に保険金が支払われた。生命保険には自殺の免責期間があるからな。だいたい契約後、二、三年以内の自殺では保険金は支払われない」

妃奈は三千万円もの保険金をしっかりと受け取り、私にも黙っていた。

「世間の疑惑通りに考えるなら、保険金のほしかった小林妃奈は、川喜多を殺害する際、事故死に見せかける必要があった。少しでも自殺らしくしてはいけなかった。店の経営がうまくいかずに落ち込んでいた川喜多を、彼女がけなげに励まし続けてやっていた理由も、優しさからではなく……」

それ以上聞きたくなくなり、私は頭を振った。どうやっても話が嫌な方に転がっていく。信じている真実に近づかない。

「こういうわけで、報道されている以上のことはほとんどわからなかった。筑野の方はどうだった?」

渚が聞いてきた。私は首を振り続けた。

「聞き込みをしたけれど、何もわかりませんでした。皆、銅森の味方なんです。あと、金田に凄まれました」

「金田に?」

私は筑野での聞き込みのあらましを語った。

「銅森社長の用心棒のご登場か。銅森のためなら何でもするといわれる男だ。銅森が恨んでいる小林妃奈の姉が動いたら、気になるに違いない。脅してきたんだな」

「具体的なことは言われませんでしたが」

「あんなゴリラみたいなやつでも脅迫罪にならないように言葉を選ぶくらいはできるらしいな。とにかく、金田が今日は筑野にいることだけはわかった。今から動くのに好都合だ」

渚はテーブルの上の伝票に手を伸ばした。

「今から？」

私は渚を見上げた。まだ私のコーヒーが残っているのに、彼は席を立っていた。

「ああ、そろそろ会議が終わる頃だ」

明るい店内の先に広がる夜のオフィス街も、依然として昼の続きのように明るかった。

「関係者ばかりに聞き回っても埒が明かないことがお互いによくわかった。やっぱり当事者にあたるしかない」

会計を済ませて店を出ながら、渚は説明した。

「そうすると、初めにあんたが考えたように話を聞くべきは銅森だ。面会のアポが取れないなら、本人に直接声をかけよう」

彼は聞き込みの合間にインターネットで検索を繰り返し、ある女性のSNSアカウントを見つけ出した。その人物は本名を伏せていたが、今までの投稿から筑野バルの本社に勤める事務職員であることがわかった。渚は彼女の投稿を読み込み、今夜、社長の銅森が本社の会議に出席していることを摑んだ。そこで聞き込みを切り上げ、本社の方へ急行した。

「会議が始まってから三時間近くが経っている。そろそろ終わってビルから出てくるはずだ」

渚は本社の入るビル前にあるカフェの窓際に陣取り、私が来るまでビルの出入り口を見張っていたらしい。私と話している間にも絶えず窓の外へ目をやっていたのも、監視を続けていたからだった。

「たぶん、銅森はビルを出てすぐにタクシーか社用車に乗るだろう。接触できるのはその一瞬しかない。声をかけるのは俺よりあんたの方がいいだろう。最初に、はっきりと名乗って小林妃奈の姉であることを伝えろ。面会を拒否し続ける銅森はあんたの顔を見るのは初めてのはずだからな。まずはその時の反応を見たい」

「わかりました」

私が頷くと、

「それから、これを渡せ」

渚は小さく折り畳んだ紙切れを手渡してきた。

「あんたの連絡先を書いてある。あんたの声かけで銅森が話す気を起こしたとしても、その場で立ち話は難しい。電話番号さえ伝えておけば、追って連絡してくるだろう……来たんじゃないか」

私はビルの方をふりかえった。建物の中から四、五人がかたまって出入り口に向かって歩いてくるのが見えた。中央にいるのが銅森だろう。メディアで見た通りの細身のスーツ姿で、周囲と談笑している。会議が終わり、社員達の見送りを受けているようだ。

ようやく妃奈の元彼に辿り着いた。この機会を逃す手はない。

「今だ」と渚に背中を押される前に、私は早足でビルの方へ近づいていた。人前で大声など出したことはないが、思いきってめいっぱい口を開ける。

「銅森さん」

ビルから出てきた人々が、ぱっとこちらを向いた。社員達との話の最中で、まだ笑顔のままの銅森と目が合った。

「私、小林美桜です」

銅森の切れ長の目が一瞬、見開かれた。自分の声が確実に届いていることを確信した。

「小林妃奈の姉です」

「妃奈の……」

「そうです。一度話を」

言いながら私は距離を詰めていく。視界の中で次第に大きくなっていく銅森の顔に浮かんでいたのは、純粋な驚きだった。

彼は何か言おうとした。その時、

「社長」

がなり声が響いた。

聞き覚えのある声に、私はぎくりとした。ビルの中から巨体が走り出てきた。

「拓也」と銅森が幼馴染みを見返る。彼は金田のことを名前で呼んでいるようだ。

「あんた何ぼけっとしてるんだ。予定が押してるっていうのに」

金田は人目も憚《はばか》らずに銅森を叱《しか》りつけた。その剣幕に、周りの社員達が触れられたイソギンチャクのように一斉に萎縮した。

銅森だけが、のんびりと返す。

「でも、彼女が話があるって」

「マスコミの雑魚《ざこ》はほっとけって言ってるだろ」

金田の方も遠慮なく銅森の肩を押した。その広い背中で私を銅森の目から隠そうとしているように見えた。そこに計ったようなタイミングでタクシーが滑り込んできた。

銅森の移動に用意されたものだろう。

　このまま逃げられてはかなわない。

「銅森さんっ」

　私は声を張り上げた。

「話をさせてください。私の妹は報道されているような人間じゃありません」

「行け」

　金田が私の声を遮りながら銅森をタクシーの方へ押しやった。

「でも、拓也……」

「行けって。おまえらも何ぐずぐずしてんだ」

　怒声に、周囲の社員達も動いた。銅森を守るように取り囲み、タクシーに乗せる。たちまち銅森の顔が遠のき、消えた。

　音を立ててタクシーが走り去った後、残された私と金田は対峙《たいじ》する形になった。

　私は思わず身構えたが、金田は鋭い一瞥をくれただけでビルの中に戻っていった。夜になっても人通りのあるオフィス街で凄むわけにはいかないのだろう。ほかの社員達もそそくさと私に背を向け金田の後を追う。

　あたりは夜の落ち着きを取り戻した。

「そううまくはいかないか」

気がつくと背後に渚が立っていた。

「すみません」と私は謝っていた。結局、銅森から一言も引き出せなかった。彼に連絡先を伝えることもできなかった。

「今日は帰るか」

特に落胆したふうもなく、渚が駅の方へ足を向ける。私もそれに続いた。

駅が近づくにつれ、オフィス街の白い光がまばらになり、代わりに飲食店の黄色い明かりが目立ち始めた。同時に増え始めた酔客を避けながら、

「しかし、何なんだあいつは」

渚は小さく唸《うな》った。

「あいつって」

「金田だよ」

言われてようやく私はその不自然さに気づいた。

「何で金田は本社にいたんだ？　あんた、昼過ぎに筑野でやつに会ったんだろう？」

「はい」

「あんたみたいに筑野からは日帰りもできるが、相当に急いで貝東まで帰ってきたことになる。俺は三時間近く本社のビルを見張っていたが、金田の姿を見なかった。それより前にやつは戻ってきていたということだ。何をそんなに急いだのか。もちろん、

どうしても会議に出席したかったという見方もできるが——」

渚の言いたいことはわかる。金田は私を警戒して貝東にとんぼ返りしたのではないか、ということだろう。何をおいても私を銅森と接触させまいとした。

そうだとすれば、金田は何をそれほど神経質になっているのだろうか。

私は渚に考えを聞こうとした。

ところが、隣にいた彼が急にいなくなった。

違う、自分の体が動いているのだ、と気づいた時には胸のあたりに強い衝撃を覚えていた。

体を支えきれず、へなへなと地面に座り込む。下半身にアスファルトの冷たさを感じながら、私はぼんやりと目の前を見上げた。黒い人影が聳えていた。影の大きさから男性だとわかる。直前の記憶がちらりとよぎった。この男は正面から歩いてきた複数の通行人のひとりだった。その男に私はいきなり突き飛ばされたらしかった。

さらに、影がこちらに身を屈めて拳を振り上げてきた。殴られる。反射的に身を引いたが、背中の後ろは建物の外壁だった。すでに道端まで追い込まれていたのだ。

私は目を瞑《つぶ》った。布袋をはたき落としたような音がした。痛みはない。目を開けると、男に渚が組みついていた。私から引き離してくれたようだ。渚の力任せの膝蹴りに男が呻《うめ》く。

一見、渚が優勢だったが、

「後ろ」

私は叫んだ。彼の背後に新たな二つの影が立ち上がったのだ。襲撃者はひとりではなかったのか。

二人に飛びかかられた渚はたちまち体勢を崩した。両手両足を使って応戦するが、相手は三人がかりだ。代わる代わる殴りかかられて、マスクの外れた渚の顔が粘土細工のように歪み、胴体に拳が食い込む。

「やめて」

胸がつぶれた。大怪我をしてしまう。

さらに、からん、という音とともに、彼らのそばに光るものが落ちた。それが何かわかって血の気が引いた。ナイフだ。見知らぬ男達は私と渚を殺そうとしているのだ。

「誰か」

私は周囲を振り仰いだ。

「助けてください」

駅近くの路上で人通りはあった。だが、誰ひとり私達の方に近づいてこなかった。通行人達はちらりとこちらを見やっても、知らんふりをして立ち去っていく。面倒な酔っぱらいの喧嘩か何かと勘違いされているのか。

「助け……」

さらに呼びかけようとした時、初めの男に胸倉を摑まれた。強い圧迫感に息が止まる。男の手を両手で取り除こうとしたが、喉元の塊はびくともしなかった。

このまま死ぬのか。

だんだん頭が痺れてくる。目の端には、腫れ上がった顔で抵抗し続ける渚の姿が映っていた。だが、どう考えても勝ち目はない。

どうしてこんなことに。

ぼうっとした頭で脱力していると、けたたましい音が近づいてきた。

ふいに、胸に新鮮な空気が流れ込んでくる。同時に五感が蘇《よみがえ》り、はっきり音が聞こえ、目の前の光景が見えた。周囲に鳴り響いているのはパトカーのサイレンだった。その音と反対方向に、三人の男達が暗い路地を駆けていく。瞬く間に角を曲がって見えなくなった。

助かった。

私は咳《せ》き込みながら実感した。きっと、私達のことを見て見ぬふりをしていた通行人の誰かが警察に通報してくれたのだ。それで、パトカーがこちらに向かってきているのだろう。

襲撃者達も同じことを考えたようだ。それで、私や渚から手を放し、撤収したのだった。

私は初めて、街の治安を守る警察組織に心から感謝したが、

「おい」と呼ばれた。いつの間にか、立ち上がった渚がそばまで来ていた。

「ここ、離れるぞ」

血のこびりついた唇を動かして言うので、私は彼に鏡を見せてやりたくなった。

「私達、被害者ですよ」

「被害者じゃねえよ」

「何言ってるんですか。どう見たって……」

「どっちにしろ、警察とかかわると面倒だろ」

言い合っていると、にわかにサイレンの音が小さくなった。どうしたのだろうと思う間に、どんどん小さくなって消えてしまった。

「……ああ、違ったのか」

渚が脱力して夜空を仰いだ。

私達はようやく勘違いに気づいた。

パトカーは私達のために呼ばれたのではなく、別の用でたまたま近くを通りかかっただけだったらしい。しかし、その音で私と渚は助かった。襲撃者達も私と同じ勘違いをしてくれたのだから。

再び静かになった路上で、

「帰るか」

渚が踵《きびす》を返した。十分ほど前と変わらない様子に、私は驚いた。

「病院に行かなくてもいいんですか。怪我を診てもらわないと」

「怪我はない」

「そんなはずないでしょ」

三人の男達にさんざんに殴りつけられたのだ。実際、顔のあちこちがカビの生えたパンのように腫れ上がっていて、見ているだけで痛い。

「大したことはない。病院送りなのはあいつらの方だ」

その言葉に今度は別の意味で驚いた。まるで喧嘩の負けを認めたくない男子小学生のようだ。

渚の抵抗の様子を私は思い出した。武道を習得しているような動きではなく、むちゃくちゃに手足を振り回すばかりだったが、不思議なくらい正確に男達の体を捉えていた。しかも、反撃しながらちょっと笑っていた。いくつになってもああした喧嘩で気持ちが盛り上がる男子の心理がわからない。

「それでも、念のために診てもらった方がいいんじゃ……」

「いいって」

すたすたと駅の方へ向かっていくので、確かに大怪我を負ったわけではなさそうだ。ほっとするといたわる気持ちが失せ、私はあきれてしまった。

「何でそんな平気でいられるんですか。いきなり襲われたばかりだっていうのに」

「何をそんなに騒ぐ必要がある？」

渚は黒ずんだ瞼《まぶた》の下の目を細めた。

「向こうに殺す気はないのはわかっていた。ただ脅すだけだろうと。あの男達が金田の手下だってことは明らかだったし」

襲撃者の正体については私も同感だ。

金田は昼間、私に銅森に近づかないよう警告した。彼が勝手に決めた約定を私がその夜のうちに破ったので、ただちに報復措置を執ったのだろう。

それにしてもだ。

「あの人、おかしくないですか」

銅森の用心棒の金田が私の存在を煙たがるのはわかる。だが、対応の仕方があまりにも過激だ。本社前で銅森に声をかけただけの私をいきなり襲わせるとは、一企業に属する人間のすることとは思えない。

「筑野バルで私の妹の件に関することは、あの人が妙に全部を仕切っている感じがします」

渚も私と同じ感触を持ったようだ。黙って私に続きを促す。

さきほど、私が本社前で声をかけた時、銅森は驚いていた。だが、私を拒むような様子はなく、むしろ話を聞こうとしていた。そこに金田が割り込んで、強制的に銅森をタクシーに乗せて去らせたのだ。

さらに、金田は銅森に、私のことをマスコミだと言った。彼は故郷の筑野で、私が妃奈の姉を名乗って聞き込みをしていたことを把握している。つまり、私の素性を知っていながら、銅森に嘘をついたことになる。

また、私が初めに銅森に面会を求めて本社を訪れた際、面会の約束はおろか言付けさえも拒否された。それは銅森本人の意思だと思っていたのだが、違ったのではないか。当時、本社には金田がいた。彼が私と銅森の接触を阻んでいたのではないか。

金田の妨害によって、銅森は今まで小林妃奈の姉が自分に面会を求めていたことすら知らなかったのだ。だから、私に突然、声をかけられて驚いた顔を見せた。あれが演技だったとは思えない。

なぜ金田は銅森に私のことを隠し続けたのか。

私は、一連の疑惑の黒幕は彼なのではないかという気がし始めていた。

たとえば、金田が銅森の追い落としを狙っている可能性はないだろうか。筑野バルの社長は銅森だが、それに金田が貢献したことは間違いない。自分達の興した事業が予想以上に成長し、利害が絡めば、幼馴染みとの関係も拗《こじ》れていくかもしれない。

その金田の陰謀に妃奈は利用されたのではないか。おそらく金田が勝手に銅森の生命保険の契約を結んだのだ。しかし、保険金の受取人にした妃奈が思い通りに動かなかったため、後に彼女を殺したのではないか。

私は自然と早口になりながら思いつくままに自分の考えを話したが、

「それはあくまでもあんたの想像だろ」

渚の反応はそっけなかった。

「人を納得させるには合理性がほしい」

「でも……」

私はなおも言い募ろうとしたが、渚の横顔を見て口を閉じた。それほど速い足取りで駅に向かっているわけでもないのに、彼の息は上がっていた。強がってはいても、本当は痛みと疲労でつらいのだろう。思えば、彼がひとりで襲撃者達と戦ってくれたから、私はほとんど無傷で済んだのだ。今夜はこれ以上引き留めるべきではなかった。早く家に帰って休んでもらった方がいいだろう。

それから私達はしばらく無言で歩き、駅の改札の前で別れた。

「また連絡する」とだけ渚は言って、帰宅客達の中に紛れていった。

ひとりで電車に乗り座席に腰を下ろすと、自然とためいきが漏れた。長い一日だった。乗車した時の癖でスマートフォンを取り出す。新着メッセージが入っていた。見知らぬ電話番号からのショートメッセージだった。十分ほど前に受信している。

その文面に、私は眉を寄せた。

情報提供がしたい

ただそれだけ書かれていた。

十三

金庫から財布とスマートフォンを取り出していると、

「小林さん」と後ろから声をかけられた。

ふりかえると、桐宮が休憩室の入り口に立っていた。今夜のそのあとクラブのスタッフは彼と私だけだった。

「そろそろ、ここでの活動にも慣れましたか」

「はい」と私は答えた。そのあとクラブでのボランティアの回数を重ねるにつれて、私にもだんだん要領が摑めてきていた。特に、一緒に活動するスタッフに真凛が入っていない日はいくぶん自信を持って動けるようになった。

「ヒロくんのような子ども達に助けてもらいながらですが」

「彼はそのあとクラブに通っている期間が一番長くて、毎日のように利用していますからね。率先してリーダー役を務めてくれるでしょう？」

「ええ。ほかの子ども達もいろいろ手伝ってくれて助かります」

「あの子達も本当によく頑張っている」

自身も金庫から貴重品を取り出しながら、桐宮はためいきをつくように言った。

「そのあとクラブを利用する子どもの家庭は複雑な事情を抱えているところが多いんです。子どもをよそに預けることもできず、こんな遅くまで保護者が働かなくてはならないという状況は、彼らの仕事が激務だというだけでは説明がつきません。保護者の貧困や親戚との不和などで、頼れる人間が周囲にいない孤独がその背景にあります。ひとり親の家庭も多いですね。そんな厳しい環境で、彼らは本当によくやっている」

「そうなんですね」

確かに、そのあとクラブにやってくる中には何か事情がありそうな、神経質な子どももいる。一緒に遊んでいるうちにその子に笑顔が見られるようになると、何だか私もうれしくなった。

「しかし、子ども自身が頑張るだけでは限界があります。やはり大人のサポートは欠かせません。小林さんがうちに来てくれるようになって、本当に助かっています」

桐宮は目で笑いかけてきた。私も自然と笑みを返していた。

報酬目的で始めた有償ボランティアだったが、そこで私は子ども達と思いのほか心休まる時間を過ごせていた。桐宮も親切で、私へのボランティアの依頼が打ち切られそうな気配はない。未だに彼は私が報道陣に追われるような身であることを知らないらしい。そのあとクラブは、妃奈の疑惑に思い悩む日常から少しだけ離れることのできる空間だった。

「お疲れさまでした」

施錠した建物の前で、桐宮と別れた。

彼は演習林の奥へ去っていった。大学の裏門から出ていくのだろう。私はちょうど反対方向、演習林を出て教務棟の裏を抜ける道を取ることにした。正門に出るにはそのルートが一番近い。

夜の大学の演習林は、大人でも怖いような暗闇に満たされていた。注意して進まないと、躓《つまず》いてしまいそうだ。ただし、演習林の先の教務棟の裏はまだ明るかった。一階の窓から事務室の明かりが漏れているのだ。遅くまで残業している職員がいるらしい。同僚の契約社員の鹿沼はまだ働いているのだろうか。

守衛室の手前まで来ると、私は一旦歩調を落とし、正門の方を窺った。今夜はそこにたむろう報道陣の姿がなく、ほっとする。足早に大学を出て駅まで歩き、自宅とは反対方向の電車に乗った。

これから情報提供者と会う約束をしていた。

昨夜、「情報提供をしたい」とショートメッセージを送ってきた相手に私は詳細を問う返事を出していた。すぐに返信があり、しばらくやりとりが続いた。

相手は名乗らず、提供する情報が何に関するものなのかも明かさなかった。連絡をしてきたタイミングから考えて、妃奈の疑惑の件だろうと推測するしかない。また、相手は情報を提供するのは私ひとりに限り、口外は厳禁だという注文をつけてきた。かりに妃奈の無実がわかったとしても、私はそれを世間に公表できないということになる。こちらにとってかなり不利な条件だった。そもそも、届いたショートメッセージ自体がただの悪質ないたずらかもしれなかった。

それでも、私は相手の話に乗ることにした。こちらも手詰まりの感があった。渚と二人で聞き込みをしても有力情報が得られず、金田の手下らしき男達からの襲撃を受けただけなのだ。情報提供のはたらきかけがあるだけましだった。

相手は面会を希望し、その場所に指定したのは貝東駅の前にあるカラオケボックスだった。誰にも見聞きされないところで話をしたいということだろう。私の名前で個室を予約するよう指示された。

私はわざと約束の時間に少し遅れてその店に到着した。受付で確認すると、先方はすでに入室しているという。

一体誰が私を個室で待っているのだろうか。狭い通路を進みながら考えたが、見当がつかなかった。聞き込みをしたうちの誰かだろうか。もしくは、まったく面識のない第三者か。そうだとすれば、どうやって私の電話番号を知ったのだろう。

通路の一番奥にあるドアの前で私は立ち止まった。軽くノックをしてから、分厚い扉を細く開ける。ソファに足を開いて座る大柄な男が見え、

「えっ」と思わず声が出る。

「入れよ」

相手は不機嫌そうに私を睨みつけてきた。

この男は、ふつうの態度をとるということができないのだろうか。私は常に彼に凄《すご》まれてきた。それでいて、情報提供をしたいとはどういうことなのか。

私は言葉を失くして金田の顔を眺めていた。

「早く入ってドアを閉めろよ」

苛立ちを募らせるように、彼が再び言った。

私はゆっくりと後ろを振り返った。

スマートフォンを持った渚と目が合った。さすがに彼も驚いた顔をしている。

「まさかこいつだったとはな」

その声に、金田は私の後ろに立つ渚に気づいたようだ。

「約束が違うじゃねえか」と席を立つ。

「話はなしだ。帰る」

「そんなことができるかな」

渚が私の後ろから身を乗り出し、挑発するように金田にスマートフォンを向けた。

「この様子は録画している。情報提供者としてあんたが小林妃奈の姉に接触した様子が公開されたら、筑野バルの評判はどうなるだろうな」

昨夜、殴られたばかりの青黒い目元で渚が睨み返すと、金田は言葉に詰まった。

情報提供者を名乗る人物と面会の約束をした後、私は悩んだ末に渚に連絡を取っていた。そうして、貝東駅で待ち合わせ、面会の場についてきてもらっていたのだ。私と相手が出会う瞬間を盗撮しておけば話し合いが有利に運ぶだろうと提案したのは渚だった。

「まあ、三人で仲良く話そうじゃないか」

渚がドアを押し開いた。渚と私が入室し、追い込まれる形で金田は再びソファに腰を下ろした。彼の下の合皮がか細い悲鳴を上げる。

「あんたがこんな汚い手を使う人間だったとはな」

渚と並んで向かいのソファに着席した私に、金田が吐き捨てるように言った。

「身を守るためです」と私は返す。

「名前も教えてくれないような人と二人きりで会うのは危険すぎます。実際、ここにいたのは昨日私達を襲わせたばかりの人でしたし」

皮肉を込めて言ってやったのだが、

「襲わせた？　何の話だ」

金田は細く剃り上げた眉をひそめた。

「あんた、その野蛮な顔でとぼけるのか」

マスク越しにも顔の腫れが目立つ渚が気色ばんだ。

「手下に俺達を襲うよう指示したのはあんただろうが。あんな雑魚ばっかり寄越すから、こっちは物足りなかったがな」

こんなところで見栄を張る渚もわからないが、

「待て、本当に知らないんだ」

金田の返答はいっそう不可解だった。

「あんた達、襲われたっていうのはいつのことだ」

「だから、小林が銅森に声をかけて、あんたに追い払われた直後だよ」

金田はちょっと黙った。やがて、

「あいつか」とつぶやいた。一度天井を仰いでから、

「あんた、妃奈の姉だよな」と私に視線を戻した。

私は頷く。妃奈、と呼んだのが気にかかった。

「俺の知っていることを全部話す。その代わり、この件から手を引いてくれ」

何かを言い返そうとした渚を、私は制した。

「何だよ。こんな勝手な話があるか」

「とにかく話を聞きましょう」

私は金田に向き直った。彼は相変わらず私を鋭く睨みつけていた。いつもやたらと感情的なのだ。それだけこの人は真剣なのではないだろうか。どうやら昨夜の襲撃も金田の仕業ではないらしい。

私は話の続きを促した。

彼の声は目つきとは反対に弱く、聞き取りにくかった。

「今の話でよくわかった。このままだと本当にあんたの身が危ない」

金田の語りは身の上話から始まった。

「あんたは筑野で聞き込みをしていたな。ドブ町ってわかるか」

彼に尋ねられて私は首を横に振った。しかし、説明を聞くうちに、聞き込みで通り

がかったことがあると気づいた。大型スーパーへ行くために橋を渡った時に、川沿いにバラックが集まっているのが見えた。あの場所だろう。

「ドブ町は定職に就いていないような人間ばかりの住む、筑野で一番貧しい地域だ。俺と一星はそこで生まれ育った」

金田拓也と銅森一星はドブ町出身というだけで筑野で蔑まれてきたらしい。

「金はないし、学校では汚いものみたいに扱われるし、ひどい暮らしだった。いや、俺の方が一星よりまだましだったな。あいつは家でも親にさんざんに殴られて育ったから」

二人とも何とか高校は卒業したが、もちろん大学進学に必要な学費も学力も持ち合わせていなかった。就職のあてもなく、一緒に起業をすることに決めた。金田と銅森は密かに誓い合った。大金を稼いでドブ町を抜け出し、自分達を蔑んだ筑野の人々を見返してやると。

そうして銅森を代表として開店させた筑野バルだったが、十年ほど苦汁を嘗め続けることになる。筑野ではドブ町の人間だというだけで、資金調達から食材の仕入れまで、あらゆる交渉がうまくいかないのだ。店に客も入らない。筑野の人々は金田と銅森を見下し続けた。しかし、銅森はあくまでもまずは地元で店を経営することにこだわった。あちこちに足を運び、何十人もの人間に頭を下げ続けた。それでも経営は軌道に乗らず、金田と銅森はじりじりと追いつめられていった。

二人が妃奈と出会ったのはちょうどその頃だった。

妃奈は筑野の高校を卒業して叔父の家を出、貝東の生命保険会社に就職したばかりだった。彼女は週末ごとに筑野に戻ってきていた。里心からではなく、保険外交員として課せられたノルマ達成のためだった。中学高校時代の友人知人に会い、生命保険の加入を勧めるのだ。飲み会などに現れては契約を迫る妃奈に、次第に友人達は離れていき、彼女は地元で孤立していった。

金田と銅森は同じ高校の出身という縁で妃奈と知り合った。年は離れていたが、地元のはぐれ者同士ということもあったのか、気が合った。

「週末に妃奈が筑野に戻ってくるたびに、俺達で飯を食いにいったよ。金がないから安い店しか行けなかったけど、楽しかった」

やがて、銅森と妃奈は付き合うようになった。同時に、銅森は生命保険に加入した。

「妃奈が勧めたわけじゃない。一星が妃奈のために進んで入ったんだ。金はないけど、彼女にいいところを見せたかったんだよ。そのあたりのことを、俺は全部知っている」

保険の契約の話は金田もいる前で交わされることが多かったそうだ。

「保険金の受取人を妃奈にしたのも一星だ。彼女に格好をつけたかったのもあるが、あいつは親を憎んでいる。自分が死んだ時に親に金が入るのが許せなかったらしい」

すっと胃の中の大きな塊が溶け落ちた気がした。

私は思わず目を閉じた。やはり、妃奈の疑惑は濡《ぬ》れ衣だったのだ。

しかし数秒の安堵《あんど》の後に疑問がやってきた。私は目と口を開けた。

「銅森はネット配信のインタビューでそんなふうには言っていませんでした」

彼は、知らない間に自分の名前で生命保険が契約されていた、と話していた。受取人が交際相手だということも保険証券を見つけるまでわからなかったと。

「嘘をついていたということですよね」

そのせいで私はひどく苦しんだ。

金田は答えなかった。さらに問い質したい衝動を私は抑えた。

「あの頃は本当に愉快だったんだが」と、金田は続ける。

「じきに俺達は妃奈と一緒に飯を食いにいく暇もなくなった。厄介なことが持ち上がったんだ」

信頼していた従業員が筑野バルの資金を持ち逃げしてしまったのだという。その金額は銅森達にとっては莫大で、経営に致命的な損害を与えてしまう。

「さすがに一星も落ち込んで、首を吊るしかないと言い出す始末だった。俺は死ぬ気にはならなかったけど、終わったとは思った。どう頭を捻っても損害を取り戻す方法は見つからないし、負債が膨らんでいくばかりだった。何より、筑野バルの代表の一星がすっかり気力を失っていた。やっぱりドブ町生まれの人間はドブにのまれて終わるんだと絶望していた」

ところがその後、筑野バルは起死回生を遂げる。一度は諦めていた銅森が血眼になって資金を持ち逃げした従業員を見つけ出したのだ。

「持ち逃げしたやつに落とし前をつけさせて、まあいろいろやって、結局、最初に失った以上の資金が回収できたんだ。それで筑野バルは息を吹き返した。しかも、直後にニュース番組で取り上げられたことがきっかけで、経営が軌道に乗り始めた」

一体何をすれば持ち逃げされた以上の資金を回収できるのか、金田は多くを語らなかった。私も心なしか暗い目つきをした彼から聞けなかった。

「後はもう階段を駆け上っていくみたいだった。筑野バルはどんどん大きくなっていた。働けば働くほどうまくいって金が入ってくる。寝る暇もないくらい忙しかったが、充実していた。

ただひとつ、不思議に思っていたことがあった」

一時は死ぬことすら考えていた銅森が、ある時点でどうして別人のように気力を取り戻したのか。あの彼の奮闘がなければ、筑野バルの成功はあり得なかった。

そこで、久々に二人きりで飲んだ時に金田は銅森に尋ねてみた。すると、銅森は親友に明かした。

「妃奈のおかげだ。彼女には一生頭が上がらない。——こう一星は言ったんだ」

資金を持ち逃げされて絶望していた時、銅森は妃奈に苦悩を打ち明けた。それを受け止めた妃奈は、死を思いとどまるよう彼を説得した。

並みひと通りの慰めでは、銅森の心は動かなかっただろう。しかし、最後に妃奈は少し変わった励ましを彼に与えたのだという。

「——それに、生命保険だって入ったばかりじゃない。うちの会社のは加入して二年以内の自殺は保険金が下りないんだよ。私を喜ばせようと思って入ってくれたんでしょ。だから、あと二年は頑張ってよ。その後、私の顔を見てどうするか考えて」

その言葉に、銅森は奮起した。何が何でも二年は死にもの狂いでもがいてみせると誓ったのだという。

実際はわずか数ヶ月で危機は去り、成功が訪れたのだ。

「酒が入っていたこともあっただろうが、一星は涙ぐみながら話していた。だから、俺はてっきりあいつは妃奈と結婚するんだろうと思っていた。ところが、それからひと月もしないうちに二人は別れた。一星の浮気が原因だったらしい」

「……」

「浮気相手は株で稼いでいる女で、その女が投資で失敗するとまたすぐ別れたらしい。もう一星はわかりやすく金儲けのことしか考えなくなった。金にならない相手との付き合いはしない。金儲けの邪魔になるものは何を使ってでも排除する。事業の広げ方もどんどんえげつなくなっていった。

周りは成功してから銅森が変わったとささやき合った。だが、俺は違うと思う。あいつはずっと前から壊れていたんだよ。

俺はガキの頃、ちょっとでも馬鹿にされたらそいつをぼこぼこにしてやった。でも、一星は黙って我慢していた。周りから笑われても、親に殴られても、ずっと。それがよくなかったんじゃないかと思う。あの時点で、すでに一星はとりつかれていたんだ。金と復讐に」

金田は剃り上げた細い眉を寄せ、一言ずつ言葉を選びながら語った。

「一星が金を儲けたかったのは豊かな暮らしをしたかったからじゃない。それが仕返しに必要だったんだ。だから、筑野バルの経営の地盤を地元に築くことにこだわった。今、筑野の人間の多くは至るところで筑野バルの恩恵を受けているから、絶対に一星に逆らうことはできない。あいつの生みの親だってそうだ。自分を虐待していた親に、一星は新しく家を建ててやった。殴られた相手を殴り返すんじゃなくて、笑顔で札束をちらつかせて支配するんだ。その方が殴られるよりよっぽど怖い」

私が筑野へ聞き込みに行った時、皆が口を揃えて銅森を褒め称え、妃奈を悪《あ》しざまに言った。彼らは妃奈を恨んでいたのではなく、銅森に怯《おび》えていたのだ。

「俺も一星の気持ちがわからないわけじゃない。金にあかして復讐したいなら気が済むまですればいいと思っていた。だが、この前のインタビューを見て驚いた。一星は妃奈に騙されかけたというありもしない話をでっち上げていた。妃奈と二人で写っている写真を流出させたのもあいつ自身だ。妃奈の別の男との保険金詐欺疑惑が出ているのに自分も便乗して、話題をさらおうとしたんだろう。すべては筑野バルの知名度を上げるためだ。でも、あれはだめだ」

金田は大きな坊主頭を振った。

「あれだけはだめだ。妃奈はほかの筑野の連中とは違う。俺達を救ってくれた妃奈を貶《おとし》めていいはずがない。俺は一星に忠告したが、あいつは聞く耳を持たなかった。そうこうしているうちに、今度は妃奈の姉のあんたが筑野バルの本社にやってきた。俺はまずいと思った」

やっと私にも金田の言いたいことがわかってきた。

「一星が自分が保険金詐欺に遭いかけたという疑惑をでっち上げる気になったのは、妃奈が死んだと聞いたからだ。死人に口なしだと思ったんだろう。ところが、姉のあんたが異議を申し立てて、独自に調査をし始めた。もしそれを一星が知れば、必ずあんたをつぶしにかかると俺は思った。姉のあんたは事実を知っているかもしれない。知らなくても、調べていく中で一星のついた嘘がばれる可能性がある。もしばれたら、一星と筑野バルの評判はがた落ちだ。一星がそんな危険を見逃すはずがない」

「だから、私を銅森に会わせないように邪魔してきたということですか」

「妃奈の姉を死なせるわけにはいかないと思った。大げさに言っているんじゃない。あだが、あんたは俺の警告を聞かずに、ついに待ち伏せまでして一星に声をかけた。あの時、俺は本気で肝を冷やした。それまでは俺が間に立ってきたから、一星はあんたの存在さえ知らなかったのに。俺は慌てて一星からあんたを遠ざけようとしたが、手遅れだった。あの後、襲われたんだろう？」

「じゃあ、私達を襲ったのは」

先日、本社前で見た銅森の姿を思い出す。いきなり声をかけてきた私に、優しそうな目を向けていた。金田に促されてタクシーに乗り込む直前まで、私の話を真摯《しんし》に聞こうとしているように見えた。

「最近、一星が俺とは別に、用心棒というか、裏仕事の便利屋みたいなものを雇ったと聞いた。俺のトラブル処理のやり方がぬるいと思っているんだろう。だから、あんたが接触してきた後、一星は乗り込んだタクシーの中ですぐに便利屋に連絡して、あんたを痛めつけて脅すように命じた。おそろしく手が早いが、そうとしか考えられない」

私と渚を襲撃してきた男達は、金田ではなく銅森の手下だったのだ。

「このまま、あんたが調査を諦めずに妃奈の無実を訴え続けたら、次の一星の報復は脅しだけでは済まなくなるだろう。あいつは完全に金に狂って、恩義も道理も忘れ果てている。今の俺の力では止めることができない」

金田はきつい目つきでこちらを見据えたまま、

「そういうわけだから、悪いがあんたに手を引いてほしいんだ。頼む」

急にテーブルに手をついたので、私は驚いた。

「よくわからないな」

私の代わりに口を挟んだのは渚だった。

「どっちつかずのあんたの態度が。あんたは小林妃奈が正当で、銅森が狂っていることをわかっている。それなのに依然として銅森の下について、一方でこっちにも情報を流してくる。何がしたいんだ」

「妃奈には恩がある」

金田は静かに答えた。

「妃奈は優しいやつだった。俺達と知り合ってからは、筑野に帰ってきた時に必ず俺の妹の元を訪ねてくれた。俺達と一緒に飯を食いにいく時も妹を誘ってくれた。妹はちょうど妃奈と同い年で、生まれつき障害がある」

あっ、と私は閃いた。

「もしかして、マコ、さん?」

筑野の大型スーパーで、それらしき女性に声をかけられたことを思い出していた。彼女は私を妃奈ちゃんと呼び、遊ぼうと腕を引いてきた。彼女と別れた直後に、私の前に金田が現れて凄まれたのだった。

「あのスーパーにいた、ピンクのワンピースを着た女性ですよね?」

「ああ。ワンピース、似合っていただろ? マコがほしがっていたから、俺がこの前の誕生日に買ってやったんだ」

金田はちょっと目を細めた。黒目の奥に温かな色が垣間《かいま》見えた。

「マコはドブ町の生まれと障害があることで馬鹿にされて、誰からも相手にされなかった。そんなあいつに、妃奈だけが分け隔てなく接してくれた。マコにとって、妃奈は初めてできた友達だった。一星と別れて筑野に足を向けなくなった後も、彼女は定期的にマコに電話をかけてやっていたらしい。死ぬまでずっと」

初めて聞く話だったが、その妃奈の姿を私はすぐに思い浮かべることができた。

「その恩を俺は忘れたくない。だから、妃奈の唯一の肉親だというあんたの身だけは一星から守りたい。また、妃奈の疑惑に苦しむあんたには真実を告げる必要があると思った。妃奈は潔白だ」

言い切った後、金田の目つきは再び元に戻った。

「だが、俺がこのことを話すのはあくまでもあんたにだけだ。ほかで証言はできない。

接触するのもこれが最初で最後だ。俺は一生、一星についていくと決めている。事業を拡大して儲け続けるあいつを支えるつもりだ」

私は、スーパーで見かけたマコと、彼女に付き添っていた母親らしい女性の姿を思い出した。二人とも身なりはよかった。金田が生活を支えているに違いなかった。特に、マコについては彼が一生面倒を見る必要があるだろう。それが可能な収入を得るには、銅森の下で働き続けるしかないのだ。金田が直接口にしなくても、想像はついた。

「だから、小林妃奈の疑惑の真相は黙っておいてほしいってか」

再び渚が口を挟んだ。

「あまりにも虫がよすぎないか。銅森が筑野バルの知名度を上げるためだけについた嘘のせいで、こっちがどれだけの迷惑を被ったと思ってる。あんたの話を公表しなければ、その被害は続くんだ。小林妃奈の本性はずっと世間に誤解されたままになる」

「わかってる」

金田は鼻を鳴らした。

「これはあくまでも俺の希望だ。どうせ動画の撮影か録音は続けているんだろう?」

図星だった。渚はすでにスマートフォンはしまっていたが、ＩＣレコーダーも用意してポケットに忍ばせていた。私はそこまでは必要ないと言ったが、渚は自衛のためだと譲らなかった。今までの金田の証言はすべて録音されているはずだ。

以後、金田が口を噤んでも、私が録音を公開すれば、妃奈の疑惑に揺れる世間の見方を大きく変えることができるだろう。一方で、銅森のイメージダウンは避けられない。筑野バルの経営状況にも影響するはずだ。そして、裏切り者の金田は筑野バルを追われるだろう。それだけでは済まないかもしれない。

「俺にあんた達の行動を止めることはできない。あんた達が俺の話を公表するというのなら、俺の運もそこまでだったということだ」

金田はソファから立ち上がった。

「ただ俺はあんたを信じて、話した。妃奈の姉のあんたを」

どこかさばさばした口調だった。

十四

金田が出ていった後の個室で、私は呆然《ぼうぜん》と座り込んでいた。

体が動かず、手先や足先の感覚が鈍かった。

妃奈は、私が思っていた通りの妃奈だった。

交際相手の銅森に対して、保険金詐欺をはたらこうとしていたわけではなかったのだ。それどころか、恋人を精神的に救い、彼の人生を成功へ導いていた。その後、不実な態度を取る銅森に彼女は何の見返りも求めず、黙って身を引いた。それが、成り上がった銅森をつけ上がらせ、彼に虚言を弄させる結果になっただけだった。実に妃奈らしかった。

そして、もうひとりの交際相手の川喜多の疑惑の真相についても、金田の証言でほとんど察することができた。

銅森の件で、妃奈は恋人を励ます一風変わった方法を見つけたのだ。

妃奈が川喜多と交際を始めた頃、料理人の彼は自身の店の経営不振に苦しんでいたらしい。渚の調査によれば、店を畳むことも考えていたようだ。彼は弱気になって、恋人に自殺をほのめかしたりしたのかもしれない。

そこで妃奈は、銅森と交際していた時の成功体験を思い出したのだ。

——あと二年は頑張って。

この実感を伴う励ましを与えるために、妃奈は彼に生命保険の加入を勧めたのではないか。それが自分の営業成績の向上にも繋がるという思いは多少あったにしろ。

当時は、とにかく恋人に妙な考えを思いとどまらせることが肝心だったのだ。そのためには二年という具体的な期間の提示が有効だった。店の経営がどのような結果になろうとも、二年後にはあらゆる面で状況は変わっている。その頃には死ぬ気も失せているはずだ。

保険金の受取人が彼女になっていた理由はいくつか考えられる。川喜多には受取人にできる両親や兄弟といった二親等以内の親族がいなかった。そして、彼は妃奈と結婚し、家族になることを考えていたのだろう。

一度契約した保険は、川喜多が危機を乗り越えた時点で解約すればいい。また、二人が結婚するのならそのままにしておいても有益だ。

妃奈は気落ちした川喜多に元気を取り戻してほしかった。銅森の時のように。

実際、川喜多は妃奈との交際を始めて前向きになったという証言が得られている。店の経営の再起を図り、自殺を考える暇もなくなったようだ。

妃奈はそれだけで満足だったはずだ。川喜多と楽しく過ごせればよかった。

ところが、二人が交際を始めて半年後、川喜多は事故死してしまう。

妃奈は突然、恋人を失った。そして、彼の死因が自殺ではなく不慮の事故だったため、三千万円もの保険金を受け取ることになった。

それは妃奈の本意ではなかったはずだ。川喜多との関係は、世間で言われているような保険金目あての交際ではなかったのだから。それゆえにかえって後ろめたく、保険金を受け取ったことを姉の私にさえ明かせなかったのだろう。確たる証拠はないが……。

「おい」

横からの声に私は我に返った。

声のした方を見ると渚がいた。この同席者の存在をすっかり忘れていた。彼なりに気を遣って黙っていてくれていたようだ。

「何か鳴ってるぞ」

渚は私のバッグの方を指差していた。それで私も自分のスマートフォンの振動音に気づいた。バッグの中から取り出して確認すると、電話がかかってきている。見覚えのない固定電話の番号からだ。もしかすると、さきほど別れたばかりの金田からかもしれないと思い、その場で受けた。

「小林美桜さんの携帯電話でしょうか」

かしこまった女性の声が流れてきた。

「はい」

「こちらは風《かぜ》の子《こ》育英財団と申します」

初めて聞く名前の法人だ。

「小林妃奈さんの緊急連絡先に美桜さんの番号を伺っていたのでお電話をおかけしました」

「はあ」

　こちらが戸惑っているうちに、相手は淡々と話を進め、用件を告げる。

「あっ、そうなんですか……はい……はい……わかりました……あ、どうも」

　ほとんど一方的に報告を受け、私が相槌を打ち続けた後に通話が終了した。

　軽く息をつき、スマートフォンをテーブルの上に置くと、渚の興味深げな視線を感じた。私は彼に向き直った。

「妃奈が受け取った川喜多の保険金の使い道がわかりました」

　声が震えた。

「三千万円を全額、寄付していました。親を亡くした子どもを支援する財団です。今の電話は、その財団から寄付者への定期報告でした。妃奈がもういないので、あの子が緊急連絡先に指定していた私に連絡がきたようです」

　言い終えると、震えが全身に伝わった。

　川喜多の疑惑について、妃奈が潔白だという確たる証拠はない。

　だが、もう間違いなかった。私の妹は誰かを傷つけ、虐げるような人間ではない。むしろ、最後まで弱者に寄り添う心の持ち主だった。そうでなければ、受け取った保険金を全額寄付などしないだろう。父親を殺された自分と同じような境遇の、親のない子ども達のことに思いを馳せないだろう。

自分の体ひとつでは抱えきれないほどの感情が波打ち、込み上げた。私は思わず口元をマスク越しに手で覆った。それでも、思いが溢れて溢れて視界を滲ませる。この姿は人に見せられない。

「す、すみません」

立ち上がると、渚が黙って小さく頷いた。私はよろめきながら個室を出た。廊下の突きあたりにあるトイレに入る。誰もいない洗面台に両手をついて体を支えた。

「う……」

人の目がなくなると、堪えきれず声が漏れた。

妹は世間の言うような悪人ではなかった。彼女が虐げる側ではなかったということだ。

よかった。本当によかった。

私ひとりだけ搾取される側になるのは嫌だから。

「うう……ふふ……」

やはり妹も私と同じくらいに惨めな人生を歩んでいたのだ。

「ふふ、ふふふ……」

私の唇からは、糸のような細い笑いが止まらなかった。

人生で何度も僻《ひが》んだことがある。

なぜ自分が不幸な目に遭わなくてはならないのか。

どう考えても、私の人生は子どもの頃から人と比べて劣っていた。つらいこと、哀しいことが多すぎた。

だがその理不尽な痛みも悔しさも、同類がいればいくらか薄らぐ。

不幸なのは私だけじゃない。

父親を殺されたのは私だけじゃない。母に捨てられたのは私だけじゃない。妹の妃奈だって同じだ。

身に降りかかった災難に合理的な説明はつけられない。だが、乱れた心を不思議と納得させられる表現がある。

そういう星の下に生まれたのだ。

宇宙に散らばる星は、自ら明るく輝く星と、その影を受けて暗く沈む星とに二分される。いわば、虐げる側と虐げられる側とに。

そして、私と妃奈は同じ不幸の星の下に生まれてしまった。いや、一家まるごとといってもいいかもしれない。

私達小林家は常に虐げられる側にいる。それはもう運命でどうしようもないのだ。だから、こんな不幸続きの人生も仕方がない。

なぜだろう、このように考えを落とし込むと、気持ちが落ち着くのだ。

そのために、私はずっと妃奈と繋がり続けていたのだった。さして親しくもない生き別れた妹と、年に数回は会う約束をしていたのだった。そうして近況を尋ねると、やはり妃奈も私と同じように貧しく惨めな生活を送っていた。彼女のどうにもならない日々の愚痴を聞くたびに、私の胸はじんわりと温まった。

自分と同じ立場の肉親を意識することで、私は絶望せずに生きていける。生まれが不幸でも、父親が殺されても、その後も苦労し続けていても、今度は妹が殺されても。だから私は、妹の妃奈だけが立場を変えてしまうことが堪えられなかった。

妃奈が殺されてしまったことはつらいが、それで彼女と私の立ち位置は変わらない。お互い、虐げられていることに変わりはないからだ。

だが、妃奈自身が保険金殺人をやっていたとなると、話が変わってくる。

いつの間にか妃奈が私を取り残し、虐げる側へ変貌していたことになるからだ。

彼女が密かに人を踏みつけ、それで得た利をひとりで楽しんでいたという事態だけは我慢がならなかった。黙って他人に踏みつけられていた自分があまりに惨めだった。そんなことがあっていいはずがないと思った。

そこで、妃奈の疑惑を晴らそうと私は必死になっていたのだった。妹を自分と同じ哀れな岸辺に引き止めておきたかった。そうしないと、私の心はひとりぼっちになる。

洗面台にかがみ込むようにしながら、私は目じりを拭った。笑いすぎて涙が出たのだ。

今、私は妹の疑惑の真相を知って、再び心の平安を得た。やはり、妃奈は私と同じ人間だった。実はおそるべき悪女に映ったその姿こそが、つれない元恋人に、心ない世間の声に、虐げられていた証左だったのだ。

生前、妃奈が偶然に手に入れた大金を遺児の支援団体に寄付したのも、虐げられる側の人間ならではの発想だった。未だに父を亡くした不幸な過去に囚われていたのだ。しかも、その美しい行為はほとんど誰にも知られていなかった。私の妹は最期までこちら側に留まり続けたのだ。そして、最大の搾取の結果として、殺された。

「ふふふふふ……」

私は何度も目元を拭った。鈍い電流のような心地よい痺れが、妹の本性を確認できた私の神経を嚙んでいた。幸せだった。

個室に戻ると、ソファで待っていた渚が顔を上げた。

「落ち着いたか」

私は頷いて、ソファに腰を下ろした。

「やっと真相に辿り着いたな」

渚は感慨深げに言って、テーブルの上にＩＣレコーダーを置いた。金田との面談の際にポケットに隠し持っていたものだ。

「あとは金田の話をどうやって公表するかだ」

「公表するんですか」

「あたり前だろ。これが小林妃奈の潔白の証明になるんだ。さっきあんたにかかってきた電話の内容もあわせて公表しよう。川喜多の疑惑を晴らす直接の証拠にはならないが、小林妃奈のイメージアップに繋がるだろう。世間の見方は確実に変わる。どのメディアに任せるのが一番効果的か……」

渚は言いさして、眉をひそめた。私の薄い反応が気になったのだろう。

「どうした」

「いえ」

「もしかして、あんたは金田に義理立てして黙っているつもりなのか」

「一応、約束したので」

「おい、冗談はよせ」

渚の顔が大きくなった。私に向かって身を乗り出してきたのだ。

「わかってるのか。金田の話を公表しなければ、世間の小林妃奈への疑惑は消えない。あんたの妹はずっと保険金殺人をはたらいた犯罪者扱いされるんだ。当然、あんたも犯罪者の姉と見なされる。それを金田の身のために我慢するつもりか。お人好しにもほどがある」

渚が捲《まく》し立てるのを、私はまだとろんとした気持ちで聞いていた。

お人好しということではない。すでに私は満ち足りているのだ。

妃奈が虐げる側でなかったことを私が確認できた。それだけで十分満足だった。自分の気持ちの問題なのだ。協力者の渚が公表を前提で動いていたのでその気でいたが、真相を教えてくれた金田が黙っていてほしいと望むのなら、そうしてもかまわない。

妃奈は世間に誤解されたままになるし、それによって姉の私も不利益を受け続けるだろう。だが、私は大して気にならない。こうした誤解をされる不幸も、私達家族が被るいつもの災難なのだから仕方がないと思うことができる。父の事件の時も人々の憶測にさんざんに傷つけられたのだから。

私がぬるい安堵に浸っていると、

「それにあんた、肝心なことを忘れていないか」

渚に切り込むような口調で指摘された。

「小林妃奈を殺した犯人はまだ見つかっていない。今わかった事実を公表すれば、そいつの特定にも繋がるんじゃないか」

さすがに、はっとした。私は妃奈の疑惑を晴らすのに必死になるあまり、重要なことを失念していた。そうだ、犯人はまだ捕まっていないのだ。

世間では、保険金詐欺や殺人に手を染めた妃奈が報いを受けたのだと考えられている。彼女の潔白が明らかになれば、その推論が成り立たないこともはっきりする。

だが、それはある意味、私に関係のないことだった。

私の神経は再び緩み始めた。

妃奈の死は気の毒だが、それはいつものように虐げられた彼女の人生の一部だった。成功した銅森に捨てられ、最後まで愛された川喜多には死なれたように。妃奈の生き方の通常運転だったといえる。

そして、私は彼女と同じ星の下にはいるが、すでに別の人生を歩んでいる。父の事件以来、私達姉妹はずっと離れて暮らしていた。近年は同じ貝東市に住んでいたものの、年に数回、顔を合わせるばかりだった。つまり、生活環境が違った。そのため、私が妃奈絡みのトラブルに巻き込まれる可能性は低い。身に差し迫った危機がないのなら、妃奈の事件の犯人探しも父の時のように警察に任せておいていいのではないか。

その緊張感に欠けた気分が顔に出ていたらしい。

「あんた正気か」

渚は眦《まなじり》を吊り上げた。ジャーナリズムを追求する彼にとって、判明した事実は世間へ周知して当然なのだろう。

「よく考えろ。金田なんかへの一時の同情心で……」

振動音が私達の間に割り込んだ。

渚は音を立ててソファに座り直し、

「電話」

ぶっきらぼうに言った。

私はさきほどバッグに戻したばかりのスマートフォンを確認した。また電話の着信だった。普段、誰かと通話することなどほぼないのに、今日は何件かかってくるのだろうか。発信元は登録していない県外の番号だった。風の子育英財団がかけ直してきたわけではないようだ。

険しい目つきの渚から背を向けるようにして、私はその場で電話を受けた。

「小林美桜さんの携帯電話でしょうか」

十分ほど前とまったく同じ問いかけをされた。ただし、さきほどと違って聞こえてきたのは年配らしい男性の声だった。

「はい」

「私、B県警B署の島崎《しまざき》と申します」

B県警。今まで行ったこともない、遠く離れた県の警察が、どうして私の電話番号を知っているのだろうか。

私への本人確認を済ませると、島崎はさっそく用件に入った。

「実は先週、B海岸で女性のご遺体が見つかりまして」

「はあ」

そんな事故か事件があったことを、私は知らなかった。新聞を取っていないし、日々インターネット上に流れるニュースは数が多すぎて拾いきれない。

電話越しの島崎は事務的な、それでいて言葉の端に何かが滲むような口調で続けた。

「DNA型鑑定の結果、ご遺体の身元は小林さんのお母様の寛子さんと確認されました」

え、という自分の声が、体のどこかから転がり落ちていった。

十五

帰り道の夜空に月はなかった。

代わりに頭上一面に星が散らばり、針の先に似た冴え冴《さざ》えとした光を放っている。

きれいだ、と佐神は見惚《みと》れた。子どものようにうれしくなり、スキップを踏んだ。

彼はすでに佐神という名字ではない。事件後、母の実家の姓を名乗ることになった。さらに最近、戸籍を買ったのでまったく別人の名前になっている。

それでも、気持ちは佐神のままだ。心はあの時のままなのだ。

体の躍動に合わせて、あの旋律が頭の中で回る。

――ウシワカ、ウシワカ。

三百六十五日、その思いが佐神の心を離れたことはない。ウシワカのように、すぱあんと人を斬ることが、彼の生き甲斐、彼のすべてだった。

ふっと脳裏に小林恭司の顔が浮かんだ。古い洋食屋を営んでいた、薄汚れた前掛けをつけた中年。最初にあの男を見た時は、そんな印象しか持っていなかった。そいつが足枷《あしかせ》となって、自分の人生を十年も縛ることになるとは。まったく嘆かわしいことだった。

空白の十年を取り戻そうとするかのように、佐神は夜道を駆け抜ける。

彼が人を殺して後悔したことは一度しかない。

初めの一回目だけだ。

彼が最初に人を殺したのは十歳の時だった。自宅の倉庫から鉈を持ち出し、自分の母親に斬りかかった。

ただウシワカになりたい一心の犯行だった。

凶器に鉈を選んだのは、自宅で手に入る中で一番大きい刃物だったから。標的を生みの母にしたのは、最も自分に近く、無防備な存在だったから。しかも、父親と比べると力が弱い。

崖に面した自宅の庭で二人きりになった時、佐神はいきなり鉈を振りかざし、母親に飛びかかった。だが、直後にがつんとした手応えに戸惑った。

うまく斬れない。

深い考えもなく母親の胴体に鉈を突き刺したために、刃が骨にあたってしまったらしい。どれだけ押しても刃は先に進まなくなり、ウシワカのように滑らかに胴を抜くことができない。

しかも、体から刃を無理やり引き抜くと大量の血が噴き出した。躱《かわ》す間もなく返り血が体に降りかかり、彼は悲鳴を上げそうになった。気持ち悪い。生温かく、べたべたした液体が肌に纏わりつくのがたまらなく不快だった。ウシワカは何人斬っても、浅黄色の狩衣を涼やかに風に靡《なび》かせていたのに。

また、母親の叫び声と抵抗もすごかった。ウシワカに斬られた人々は大抵、短く一声を上げてぱたりと倒れるものだが、母親はそうはならなかった。二度、三度と斬りつけても倒れずにむちゃくちゃに動くものだから、とにかく押さえつけるのに必死だった。ウシワカのように優雅に舞って斬り回るどころではなかった。

佐神は血と汗にまみれながら、最後は鉈で殴りつけるようにして母親を崖から突き落とした。

彼女の死が転落事故として処理されたのは、幸運以外の何ものでもない。

佐神が育ったのは海沿いの田舎で、人通りは少なく、民家の建つ間隔が離れていた。そのおかげで、犯行は誰にも目撃されなかった。また、当日は海が時化ていた。佐神はその荒波の中に母親を突き落としたので、彼女の遺体は発見が遅れた。遺体の傷みがひどく、無数につけられた創傷がわからなくなっていたのだろう。警察は早々に佐神の母親の死を事故と判断した。彼らに佐神は疑われるどころか、早くに母親を亡くした子どもとして哀れまれさえした。

だが、それらは佐神にとって何の慰めにもならなかった。母親の死後、彼は深い後悔に繰り返し苛まれた。自分を責めた。

ウシワカのように鮮やかに人を斬れなかった自分を。

あれはあまりにもやり方がまずかった。ちゃんと考えを練らなかったからだ。ただウシワカになりたいと気を逸《はや》らせて、深い知識も計画もなく母親に斬りかかってしまった。浅はかだった。あれでせっかくの人を斬れるチャンスを台無しにしてしまったのだ。

佐神は自戒を重ねて誓った。もうこんな愚かな行為は二度とすまい。

二度とあんな下手な殺し方はすまい、と。

次はもっとうまくやる。

いや、一度や二度で終わりではない。ウシワカのように、生きている間は次々と斬って回るのだ。佐神は夢中になって計画を立てた。

とはいえ、そう頻繁に人に刃を向けられるわけもなく、彼は忍耐を強いられた。現代の日本の社会で連続殺人を達成するのは至難の業だった。

しかし、佐神は諦めなかった。小林恭司殺害による警察の猛攻も世間の非難も耐え抜いた。

そして四ヶ月前、ついに新しい生活を手に入れた。

鼓動が激しくなり、背中に汗が滲んできたが、佐神は足を止めなかった。この足を動かし続ければ、どこまでも駆けていける。大きく口を開けて吸い込めば、新鮮な空気がいくらでも入ってくる。それがうれしくてならなかった。

自分は今、自由だ。

彼は姓名を変え、整形手術を行って顔の造作を変えていた。新たな居を構えて生活基盤もつくった。すべては心の牢獄の中で練り上げた魅力的な計画のためだ。今、その計画をひとつ、またひとつと実行している。

遠くの空で星が瞬いている。きれいだ。

ウシワカになって自由に斬り回る世界は、とてもきれいだ。

白々と光る刃の先を押しあて、力いっぱい引く。苦痛で捻れる顔を見ながら、もっと、もっとと思った。

第二章

一

手にかかる重みには覚えがあった。

私は手元の骨壺を見下ろす。少し前に受け取った妃奈のものと同じ手応えだった。成人女性の遺骨はだいたいこれくらいの重さになるのだろうか。それとも、壺に納められる量が決まっているからだろうか。

そんなことをぼんやりと考えながら、骨壺を隣の座席に置いた。車窓からの高い朝日が、私と骨になった母を眩しく照らした。これから数時間かけて電車を乗り継ぎ、B県から貝東に戻ることになっている。

母がB県の海岸で身元不明の遺体として発見されたのは十日ほど前のことだった。遺体に所持品はなく、近隣でそれらしき行方不明者届も出されていなかったので、警察はDNA型鑑定を行った。父を殺害された事件の時、私達一家はDNAを提供していた。それで遺体の身元が特定されたのだった。警察からの連絡を受けて、私は急遽《きゅうきょ》B県に駆けつけた。

母の葬儀は行わなかった。私にはB県の土地勘がないし、そこで暮らしていた母の知り合いなども知らない。ただ警察に遺体を引き取りにいき、母の住まいの遺品を整理しただけだ。妃奈の時とほとんど同じなので要領はわかっていた。

遺体引き取りの際に警察から受けた説明で、私は十年にわたって不明だった母の消息を初めて知った。

事件で父を失った後、我が子の私と妃奈を捨てて那見を出奔した母は、二、三年ごとに地方を転々としていたらしい。いずれの場所でもスナックや飲み屋で働いて生計を立てていた。父の事件が起こった後、ある週刊誌が、母が結婚前はホステスをしていたと報道していたが、案外事実だったのかもしれない。

そして、一年ほど前からは、母はB県の小さな港町のスナックに勤めていたそうだ。

警察に教えてもらった母の住まいに向かう途中、ちょうどそのスナックを見かけた。長年の潮風で外壁の黒ずんだ小さな店だった。周りにゴミ袋が放置されたスタンド式の電飾看板は割れたままで、中から電球が覗いている。夜になるとまた雰囲気が変わるのかもしれないが、廃屋にしか見えなかった。

母が暮らしていたというアパートも似たようなものだった。建物の外階段は錆びて完全な濃い茶色になっており、足をかけるのが怖いくらいだった。ワンルームの室内はもので溢れかえっていた。宅配の空箱などが積み重なり、片づけるのが面倒だったという印象だ。掃除もされていないので、抜け落ちた髪の毛が目立った。どれもが染髪を繰り返したらしい、透けるような茶髪で、先がいくつも枝分かれしていた。母はここでひとりで暮らしていたようだ。

私はほとんど一日かけて部屋を片づけた。遺された私物の中に、私達家族を含めた人との繋がりを感じさせる物はいっさい見あたらなかった。私が母の部屋にいる間、誰かがお悔やみに訪ねてくることもなかった。

黙々と母の生きざまを整理しながら、私は確信した。

生き別れて十年。母の人生もまた幸せではなかった。私のように、妃奈のように。

やはり、私達一家は同じ星の下にいるのだ。

だが、今はそれを無邪気に喜ぶことができなくなっていた。

母の遺品整理は夜遅くまでかかった。そこでB県で一泊し、翌早朝に発った。母の果てた地から逃れるように。

海岸に打ち捨てられていた母は溺死《できし》ではなかった。腹部を刺されたことによる失血死だったことから、警察は事件性があると判断していた。母を殺害した犯人はまだわかっていない。

ほとんど妃奈と同じ状況だ。

妃奈の事件は私と無関係だと思っていた。妃奈個人のトラブルが原因で起こったと疑わなかった。

だが、妃奈の死後わずか数ヶ月で母が同じ死に方をしたとなると、二人の事件が繋がっていると考えざるを得なかった。

そして、十年前には我が家は父を殺人事件で失っている。その犯人だった佐神翔は現在、所在がわからなくなっている。

以前、渚がちらりと言っていたように、現在の事件も佐神が起こしたものだったとしたら。佐神と我が家に何らかの因縁があり、あの男が犯行を繰り返しているのだとしたら。小林家の中で唯一生き残っている私にも、今後、妃奈や母と同じ災難が降りかかる可能性がある。

目の前が真っ暗になるような考えだった。いくら不幸続きの人生でも、殺されることまでは受け入れられない。嫌だ。想像しただけで歯が鳴った。

寒気を抑えるために、私は隣の席に置いた骨壺を持ち上げ、肉親の遺骨を抱きしめた。だが、そこに血の通った温かみはなかった。ただの無機物の冷たさが伝わってきただけで、よけいに恐怖を煽《あお》られた。佐神に殺されるなんて、絶対に嫌だ。

だいたい、どうして私が狙われなければならないのか、わからない。

私ばかりでなく、一家全員がそうだ。

私達と佐神との間に繋がりはなかった。父の事件が起こり、彼が逮捕された後、初めてその存在を知ったくらいだった。こちらがまったく知らないうちに恨みを買っていたなどということがあるだろうか。

そもそも、佐神は「人を殺してみたかった」という理由で父を手にかけたという。彼の殺害動機は怨恨の問題ではなく、猟奇的なものなのだ。そうであれば、次なる標的を選ぶ際、我が家に執着する理由がわからない。やはり、佐神が自分を狙っているというのは考え過ぎなのだろうか。

電車を乗り継ぎ、昼前に駅に到着した。自宅の最寄り駅ではなく大学前駅だ。今日は職場に午前半休のみ申請し、午後から出勤すると伝えてある。身内の不幸とはいえ、派遣社員の身で立て続けに休みを取るのは気が引けた。

駅のコインロッカーに旅の荷物を預け、私は外に出た。大学への道標のように坂道を縁取る街路樹は、ほとんどが葉を散らしていた。

長い坂を下りながら、私の神経はだんだんと引き締まっていった。また大学の正門付近を報道陣が張り込んでいるかもしれないと思ったからだ。

しかしそれは習慣的なもので、実際は杞憂《きゆう》だった。大学の正門は普段通りの落ち着きを見せていた。私はほっと肩の力を抜いた。少なくとも、もうメディアに怯える必要はなくなったと考えていいだろう。

世間を騒がせた妃奈の保険金詐欺疑惑は、ここ数日で急速に萎《しぼ》んでいた。渚が強く勧めたように、私が金田との約束を破って彼の証言を公表したわけではない。勝手に世間の風向きが変わったのだ。

きっかけは私の母、小林寛子の死だ。

母が殺害された事件が警察から発表されると、彼女が妃奈の母親であったことはすぐに世間に知れた。さらに週刊リアルが、過去の父の事件と、その事件の犯人の少年が現在、所在不明になっていることを報じた。

にわかに、妃奈と母の事件も佐神によるものではないかという憶測が世間に広まっていった。そうだとすると、妃奈の保険金詐欺の疑惑は事件の本筋から外れることになる。

また、報道と前後して、凪の子育英財団が妃奈の寄付の事実を公表した。私が求めたのではなく、妃奈の疑惑の騒動を見かねた財団の方から提案してきたのだ。金田との約束には反しなかったので、もちろん私は了承した。

　すると、公表によって世間の妃奈への疑惑はほとんど解消された。恋人の死で受け取った保険金と同じ額を財団に寄付していたのなら、彼女が保険金詐欺や殺人を行っていた動機が成立しなくなるからだ。今までと一転して、妃奈や私達家族を擁護する声が上がるくらいだった。

　ネット社会は何ごともなかったかのように、妃奈の疑惑を論じなくなった。それに伴い、私を取材する必要がなくなったようだ。今、大学の正門は、お昼を食べ終えたらしい学生達がのんびりと行き交うばかりだ。

　私の日常は平穏を取り戻したように見える。佐神の存在さえなければ。

　いや、無駄にびくびくしていても仕方がない。

　私は深く息を吸った。佐神が私に殺意を抱いているという確証はどこにもないのだ。妃奈と母の事件を担当する警察達からも、そうした説明は受けていない。まだ二人を殺した犯人が佐神かどうかもわかっていないのだ。よけいな心配をして自分の生活を蔑《ないがし》ろにするのはよくない。とにかく今は派遣先での仕事をきちんと全うすることだ。

　門前の落ち葉を掃いている用務員に挨拶をしながら校門をくぐり、教務棟へ入った。まずは事務室の横にあるシューズロッカーに向かい、自分の名前の書かれた扉を開けた。この後の仕事の段取りを考えていたので、よく中を見ずに手を伸ばした。

　指先に伝わったのは、いつもの上履きの感触ではなかった。ふわふわとやわらかく、しかし冷たい感触。怪訝に思い、中を覗き込んだ。

直後に、目の前のシューズロッカーが背伸びした。

「小林さん？」

聞き覚えのある声に、私は首を動かした。事務室から同僚の鹿沼が顔を出していた。

「どうしたの」とこちらに近づいてくる。シューズロッカーばかりでなく、彼の背もやけに高い。私はようやく、自分が腰を抜かしてその場に座り込んでいることに気づいた。声も上げていたらしく、それを鹿沼は聞きつけたのだ。

「気分でも悪……」と言いかけて、彼も異変に気づいた。

「ん？」

扉が開け放たれたままの私のロッカーから突き出た二本の棒を不思議そうに眺める。何かわからないようだ。私は一瞥してわかっていた。その色で、形状で、かすかに漂ってくるにおいで。

その時、扉を開けたことでバランスが崩れたのか、中身がごろりと床に落ちた。

「うわっ」と、反射的に小さく飛び退いた後、鹿沼にはやっとその正体がわかったようだ。ひでえ、と漏らすのが聞こえた。

私のロッカーには、一羽のニワトリの死骸がぎゅうぎゅうにして詰め込まれていたのだった。

床に落ちたニワトリは首がおかしな方向に曲がっていた。ひと捻りされたのだろうか。ちょうど赤いトサカを私の方に向け、停止した目でこちらをじっと見つめている。私は見入られたように、動くことができなかった。

「誰がこんなことを」

頭上から鹿沼の呻き声が聞こえた。私は彼の疑問の答えを確信していた。

佐神。

あの男の仕業としか考えられない。

彼は次に私を殺そうとしているのだ。哀れなニワトリはその意思表示に使われたに違いない。

だが、わからない。

どうして佐神は私に的確な嫌がらせができるのだろうか。動物の死骸でも、ほかの鳥なら不快なだけでおそろしくはなかった。どうして私の弱点がニワトリだと知っているのか。それはきわめて個人的なことだ。

繋がりがないのに、なぜ佐神は我が家を狙うのだろうと思っていた。彼が初めに父を狙ったのは、殺人願望がある中で偶然、目に入った相手にすぎなかったはずなのに、と。

しかし、私は思い違いをしていたのかもしれない。彼には初めから何か目的があったのではないか。忘れているだけで、私達はどこかであの男と繋がっていたのかもしれない。

かちかち鳴る奥歯を抑えながら、私は必死に過去の記憶を辿った。

ひょっとすると、私は彼とどこかで会ったことがあるのではないか。いつか、どこかで。

*

中学生になった佐神は苦悩していた。

自らの母親を手にかけて五年の月日が経っていた。

ウシワカへの願望は高まるばかりだが、うまい手が思いつかなかった。次は母親のような意味のない殺しはしたくない。そのためにどうすればいいのか、わからない。

ウシワカに近づけるかと一応、剣道を始めてみたが、退屈でたまらなかった。剣捌きが向上していくといっても、所詮は防具をつけた相手に竹刀を振るうお遊びだ。刀で生身を斬らなければおもしろくも何ともない。

理想は遠く、日々の生活の中で楽しめることがないので、佐神は鬱屈していった。生きているのが面倒になるほどだった。毎日、暗い顔つきで家と学校を往復するばかりだった。

そんな時、あの少女に出会ったのだ。海の見える家に住む、あの少女に。

二

いつもより朝早い時間に出てきたせいか、大学の正門にまだ学生の姿はなかった。曇り空の下で、箒を手にした用務員と守衛がのんびりと立ち話をしているばかりだ。私は無意識に肩に掛けたバッグの柄をかたく握りしめ、そろそろと正門に近づいていく。

大丈夫、大丈夫だ。

どちらの名前も知らないが、年齢が合わない。用務員はおじいさんと言っていい年頃で、守衛はどれだけ若く見積もっても四十代、私の父親の年代だ。だから、あり得ない。

小さく挨拶すると、二人は話を中断してにこやかに応じてくれた。だが、私はどうしても笑顔をつくって返すことができなかった。この場に存在しているのは彼らだけではない。

校門を通り抜けると、背後から近づいてくる足音がした。どきりとしたが、すぐに私を追い抜いていく後ろ姿が見えて、緊張が解けた。長い茶髪を靡かせ、ピンヒールを鳴らして歩く姿は女子学生に違いない。つまり、性別が違う。

そんなことばかり考えながら歩いていると、教務棟に辿り着く頃にはすでに疲れてしまった。しかし、今日こそちゃんとしなければ。

昨日はほとんど仕事にならなかった。

シューズロッカーにニワトリの死骸を詰め込まれていたことがあまりにもショックだったのだ。

思考停止に陥った私の代わりに、鹿沼がロッカーの片づけをしてくれた。彼はこの嫌がらせを事務長に報告し、警察にも通報すべきだと勧めてきた。私はそれを断り、反対に内密にしてほしいと頼んだ。佐神は怖い。あれは嫌がらせというより、もはや脅迫だった。一方で、これ以上、騒ぎが大きくなっては困るという思いがあった。影響が職場にまで及べば、今後の私の雇用契約に支障が出る。もっとも、もう手遅れだろうが。

それに、被害を訴えるにしても、誰を頼ればいいのだろうか。

昨日一晩かけて、佐神と自分、または佐神と我が家との接点を真剣に考えたが、やはり思いあたる節はなかった。

ただ明らかなのは、現在、佐神が私に迫ってきているということだった。彼は私の職場のシューズロッカーを知っていた。ある程度、私の生活を把握しているのだ。実は私のすぐそばにいて、常に殺害の機会を窺っているのではないか。

その気になれば名前ばかりでなく、顔も整形などで変えられる。変えていなかったとしても、マスク着用があたり前の時代なので、人の素顔を視認することは難しい。私はそれと知らずに、すでに佐神と接触しているのかもしれない。

そう考えると、あらゆる人間の存在が不気味だった。自分の目に映るうちの誰かが、化けの皮を被った佐神なのではないか。警察ですらあてにならない気がした。家族の事件が起こるたびに、何人もの捜査員が私を訪ねてきた。その中に佐神が紛れ込んでいても不思議はない。

「おはようございます」

ぼそぼそと挨拶をして事務室に入る。

事務長はすでにデスクについていた。彼は違うだろう、と私は思う。顔も名前もわからない悪魔を見分ける判断材料になるのは、性別と年齢と経歴だった。少年院を出所したばかりの佐神はもちろん男性で、現在、二十代半ばのはずだ。事務長は男性だが中年で、この職場での勤務歴も長い。また既婚者だと聞いていた。安全な人間だと判断する。

注意してみると、事務室に若手の男性は少なかった。鹿沼は私と同じ年頃だが既婚者なので、同じ空間で働いている人々の中に佐神がいる可能性は低そうだ。

そうなると、あとは個人的なかかわりのある人物だ。

真っ先に思い浮かんだのは、渚の顔だった。妃奈の死後に私達は出会い、毎日のように連絡を取り合っていた時もあった。彼は佐神の年齢に近い。経済学部の四年生を自称していたが、私は彼の学生証を見たわけではない。

私をそのあとクラブのボランティアに勧誘した桐宮もそうだ。彼は農学研究科に籍を置く院生を名乗っていた。

高校までとは違って、大学は一般の人間も自由に出入りできる場所だ。二十代前半くらいまでなら、誰でも大学生になりすますことができるだろう。それに、佐神が少年院の出身でも、高卒認定を取得していれば大学への入学は可能だ。

私はデスクのパソコンを起動させながら、時計を確認した。まだ始業時間には間がある。さりげなく在学生のデータベースを立ち上げた。職務上、私はそこにアクセスすることができた。検索エンジンに初めは渚の姓名を入力する。

画面に渚の住所などが表示された。ちゃんと彼はこの大学に在学しているようだ。私は彼の入学年を確認した。四年前だ。続いて桐宮を調べると、彼の入学年は五年前だった。

私は思わず息をついた。二人とも佐神とは別人だ。あの男は数ヶ月前まで少年院にいたのだから、大学四年生や院生になりすますことはできない。

では、佐神は私と面識のない人間なのか。主に私が対応する事務室の受付カウンターには、毎日のように大勢の男子学生がやってくる。佐神はそのうちのひとりとして潜んでいるのか。それも不気味だが、身近な相手を疑わなくていいのは少しだけ気持ちが楽だ。

そこまで考えた後で、桐宮はともかく、渚を今でも近しい存在に感じている自分が恥ずかしくなった。

最後に渚と会ったのは、情報提供者の金田と面会した夜だ。いろいろなことが立て続けに起こった夜だった。金田の証言で妃奈の潔白が明らかになり、彼女の手にした保険金の使い道も見当がついた。続けて警察から連絡が入り、私の母の死が判明した。

その後、渚からの連絡はぱたりと途絶えていた。

彼はまだ怒っているのだろうか。せっかく妃奈の疑惑を晴らす証言を金田から得たのに、私がその公表を拒んだから。

もしくは、単に妃奈の事件そのものに興味をなくしてしまったのだろうか。すでに真相は判明し、しかも私達が公表するまでもなく世間に広まってしまったから。

そんなことを密かに気にかけ、連絡がないのを寂しいとさえ思っている自分に、私は気づいた。渚と行動をともにすることで、私は少しだけ学生のような気分を味わい、真凛のような華やいだ気持ちでいたのだ。

調子に乗っていた。

かっと頬が熱くなり、私は自戒した。

何を思い上がっていたのだろう。自分が相手と一定の関係を築けているなどと。相手にマスクを外して素顔を見せたこともないのに。自分が人並みになれるとでも思っているのか。

「すみません」

声がして、私は顔を上げた。カウンターに大柄な男性が立っている。

ぼうっとしていた私より先に、

「はいはい」と、隣の席から立ち上がったのは、鹿沼だった。いつしか始業時間を過ぎていた。

いけない。私は慌ててデータベースを閉じた。ちゃんと仕事をしなければ。今、ここで雇ってもらっているだけでありがたいのだ。頭を振って雑念を払う。

「すみません、私が応対します」とカウンターに駆け寄ろうとした。その拍子に、デスクから書類を落としてしまう。何十枚もある卒業生の就職先一覧が足下に散らばった。自分の鈍くささを軽く呪いながら、私は床の上にかがんだ。

次の瞬間、私は凍りついた。

＊

佐神が海に臨むその家を見つけたのは、通っていた中学校から自宅への帰り道だった。

ウシワカになれない欲求不満が高じ、生きる意味が見出せない日々を送っていた。何となく、佐神はその古びた建物が気になった。一階が自営業の店舗で、二階はその家族の住む住居となっているようだ。自転車を止めて眺めていると、中から小学校高学年くらいの少女が出てきた。ひとりで楽しそうに、細長い手足をぶらぶらさせながら出てきた。

その姿を見た瞬間、耳の奥がぐわん、と鳴った気がした。目が離せなくなった。その少女は呆然と立ち尽くしている佐神に気づかず、一階の店舗へ入っていった。その店をひとりで利用する年でもないので、店主の家族なのだろう。

以来、佐神は学校の行き帰りにその建物の前で足を止め、少女の姿を探した。見つかる時も見つからない時もあった。遠目にでも見えた時は、無性にうれしかった。なぜだかわからないが、うれしかった。

この気持ちは何だろう。その頃の佐神の頭の中は二分されていた。ウシワカとあの少女。どちらも奥深くて永遠に解けそうにない、それでいて手放せない問題だった。

やがて、少女も佐神の視線に気づいた。彼女は物怖《ものお》じすることなく彼に近づいてきた。子牛のように大きくて優しい目をしていた。彼女は、佐神が何者か、どうしてこちらを見ているのかを聞いてきた。詰問ではなく、純粋に不思議に思ったようだった。

君に興味がある、とは恥ずかしくて言えなかった。だから、少女の親が営む家業に興味があるのだと答えた。

佐神の返事を聞いて少女は喜んだ。彼女は家業と父親をとても誇りに思っていた。そして、佐神に父親の仕事ぶりについて語った。その横顔は、すぱあんと刀を振るうウシワカと同じくらいきれいだった。

佐神は彼女に会いに、海の見える家に通うようになった。

自宅の二階の窓から佐神の姿を見つけると、彼女は必ず外に出てきてくれた。そうして毎回、熱心に父親の仕事を語った。佐神も熱心に少女に向き合った。初めは彼女の横顔に見惚れていただけだったが、だんだんその顔が話す内容も頭に染み込んでいった。彼女の知識は深く、話し方も上手だった。ずっと聞いていたかったが、夜になっても外で話し込むわけにはいかなかった。佐神は仕方なく腰を上げ、その瞬間から、次に彼女に会える日が待ち遠しかった。

たまに、建物の前で少女を見かけても、彼女がひとりではなく、姉妹で遊んでいることがあった。その時、佐神はひどく落胆して、声をかけずに立ち去った。彼は少女がよかった。彼女と二人きりでいたかった。

この感覚は何なのだろう。

想像はついていたが、佐神はずっと確信が持てなかった。

ある日のことだった。

いつものように訪ねていくと、いつも笑顔の彼女の眉が下がっていた。と、そのすべすべした頬を大粒の涙が伝った。

佐神は自分の胸がざっくりと割られたような気がした。どうしたのかと問う自分の声が、震えていた。

何でもない、と彼女は真っ赤な顔で言った。強がっているのは明らかだった。前後の様子から、どうやら彼女が父親に叱られたことが察せられた。理由はわからないが、あの父親に手を上げられたらしい。

それで、泣いている。

しきりと目元を擦る少女を前に、佐神ははっきりと自覚した。

彼女の涙は見たくない。そのためなら自分は何だってする。

我ながら意外だった。それは明らかに愛と呼ばれるものだったからだ。

自分の感覚が一般とかけ離れていることは昔から知っていた。ウシワカに憧れる人間など他に見たことがない。しかし、自分の中ではウシワカこそが絶対の価値観で、それは何にも先行するものだと思っていた。全人類が尊ぶ愛さえも。だから、ウシワカのように斬りたいという思いだけで、実の母親をあっさりと殺せたのだ。当然のように、自分が誰かを愛することはないと思っていた。

しかし、思春期を迎えた佐神は悟った。

自分の中で少女とウシワカは共存する。

少女への愛も、ウシワカの情熱も、自分にとって絶対に必要なものだった。

佐神は少女を愛し、心から彼女の幸せを望んだ。

そうして、きわめて合理的な殺害の方法を思いついた。ほかでもない、彼女の言葉の中から。


暗くなって風が出てきたようだ。

佐神は窓ガラス越しに揺れる樹木の影を見上げた。木の葉が擦れるざわめきが、あの不思議な旋律で歌っているように聞こえた。

少年の日に立てた計画を、佐神はようやく実行していた。

あの時の彼女が閃きを与えてくれた。

ウシワカになりきるには必ず誰かを殺すことになる。しかし、その標的は母親の時のように恣意的であってはならなかった。意味を持って殺すべきだったのだ。

小林恭司の死からずいぶんと間が空いてしまったが、彼にはいわゆる解体ノートがあった。ノート自体は警察に押収されてしまったものの、殺害の様子を詳細に記述した内容はしっかり頭に入っている。

佐神は計画的に小林妃奈を殺し、その母親の小林寛子を殺した。刃を振るうたびに、実感していた。自分は正しく殺している。殺すことに意味がある。自分の思いが形になる。

三

薄い引き戸や窓枠がかたかたと鳴っていた。

建物の外では、冷たく乾いた夜風が吹いているようだ。

一方で、大部屋の空気は何年も換気をしていないように生ぬるく澱《よど》んでいた。その中を、

「わああ」と甲高い泣き声が響く。

私はためいきを押し殺した。

大部屋には子どもが五人。そのうちのひとり、まだ小さなユズちゃんが声を上げて

泣いていた。それを大人の細い背中が宥めている。真凛だ。そのあとクラブのスタッフとしては立派な態度だが、こちらに向けられた背中は私の一切を拒むオーラを放っていた。

もうひとりで帰ってしまいたい。

密かに心の中で泣き言を漏らす。本当はそのつもりだったのだ。

今朝、私は事務室である事実を知った。佐神の影をはっきりと感じた。もうその場にいるだけで、肌が粟立《あわだ》って仕方がなかった。

しかし、できるだけ平静を装って仕事を続けた。気づいていないふりをして、身の安全を図ろうとしたのだ。そうして、終業次第、一刻も早く退勤して帰宅しようと決めた。安全な自宅に避難してから、警察に連絡を入れるのだ。今夜はそのあとクラブのボランティアが入っていたが、それも断ってしまおうと思った。

ところが、断りの連絡を入れる前に、桐宮からのメッセージが届いていた。彼に急用ができて、どうしてもそのあとクラブに行けなくなったのだという。本来は三人以上のスタッフを確保したいのだが、どうしても代打が見つからない。そこで、悪いが今夜は学生スタッフと二人で子ども達の面倒を見てほしいという依頼だった。夕食はすでにつくってあるが、貴重品の管理など、普段は桐宮の行う仕事も学生スタッフと協力してやってほしい。また、自分が時間内に戻らなければ、戸締まりまで頼むという。

今夜に限って、気の進まない依頼だった。しかし、本当に申し訳ない、という文面に、断りきれずに了承してしまった。

そもそも今夜は前からボランティアの約束をしていたのだ。人手不足を聞かされた上で休みたいとは言えなかった。それに、急に予定を変更する方が佐神に怪しまれるかもしれない。だから、仕方がない。

押しの弱い自分に苛立つ自分に言い訳しながら、私は定時に事務室から退勤した。教務棟を出て裏手に回り、演習林の中に入る。元は農学部の研究室に使われていた建物がそのあとクラブだ。

そこの引き戸に手をかけて、安請け合いを激しく後悔した。中から真凜の声が聞こえてきたからだ。学生スタッフとは彼女のことだったのだ。今夜は彼女と二人だけで子どもの面倒を見なければならないらしい。

大部屋で子ども達の相手をしていた真凜は、私が入っていってもふりむきもしなかった。まるで私が見えないように、子ども達だけに笑顔を向けている。私の彼女への小声の挨拶はなかったことにされた。すでに桐宮から今夜の事情は聞いているはずだが、改めて私に説明する気はないらしい。もう要領はわかっているのだから勝手にやれということか。

私はいたたまれず、

「夕食の準備をしてきますね」と声をかけてキッチンに向かった。かつては私を笑った同級生、現在は渚の恋人である真凛は、よほど私が気に入らないらしい。今夜はあと数時間、彼女と一緒に過ごさなくてはならないというのに。

キッチンで大鍋を火にかけ、焦げつかないように中をお玉でかき回す。夕食のメインはビーフシチューのようだ。苦手な鶏肉のにおいがしないことだけが、今夜の恵まれている点だった。

ひとりでお玉を握っていると、また頭の中にあの顔が浮かんできた。今朝からそのことばかり考えていた。

あの男。彼は素性を偽っていた。コンロの炎と鍋から立ち上る湯気で狭いキッチンが暖まっても、鳥肌が治まらなかった。

夕食は主に私が配膳や後片づけを担当し、真凛が子ども達の面倒を見て、いつも通り済ませることができた。しかし、スタッフ間の緊張関係は自然と子ども達にも伝染してしまうらしい。目に見えて喧嘩や諍《いさか》いが起こるわけではないが、食後の大部屋の空気は妙にぎくしゃくした。

特に幼い子どもは敏感なのか、今夜のユズちゃんは機嫌が悪かった。ささいなことで何度もめそめそし、ついには大声で泣き出した。

ユズちゃんと仲良しの真凛が宥めたが、いっこうに泣きやまない。私も折り紙でパンダを折って差し出してみたが、効果はなかった。真っ赤な目元で両手を振り回すユズちゃんにはたき落とされただけだった。

「わあああ、あああ」と、胸の痛くなるような叫びが大部屋に満ちていく。

いつしかほかの子ども達は遊びや宿題の手を止め、途方に暮れたようにその様子を眺めていた。そのあとクラブの運営者で子どもの扱いに慣れている桐宮はまだ帰ってくる気配がない。加えて、今夜は面倒見のいいヒロくんも不在だった。誰もその場の空気を和らげることができなくなっていた。

何とささくれ立った夜だろう。私は仕事を放り出して帰ってしまいたくなったが、そうもいかない。まずは何とかユズちゃんの気持ちを落ち着けなければならなかった。

大部屋を見回すと、隅の方に大きなウサギのぬいぐるみがあった。寄贈されたものだろう。毛玉ができて薄汚れているが、女の子の心を慰める助けになるのではないか。

私はぬいぐるみの首元を掴んで持ち上げた。すると、指先がちくりとした。目を落とすと、ぬいぐるみから尖ったものが一センチほど飛び出ていた。

指でつまんで引き出すと、ガラスのかけらだった。ぬいぐるみの中に埋まっていたようだ。子どもが遊ぶおもちゃの中にこんな危ないものが混入していたとは。ガラス片は先端が鋭く尖り、小さな刃物のようになっていた。一体誰が、とまで考えて、ひやりとした。

佐神の仕業ではないか。

思えば、私が初めてそのあとクラブを訪れた時にも異物混入があった。子ども達と一緒に夕食のバターチキンカレーを食べていた真凛が、その中に陶器のかけらのようなものが入っていたと言っていた。調理の過程で入るはずのないものだ。あの時からすでに、佐神は私に肉薄していたのではないか。鋭い陶器の破片は、彼が私を脅すために大鍋に入れたものだった。しかし、私はそのあとクラブで食事を取らないので目的は果たされなかった。そこで、佐神は今度は備品にガラス片を紛れ込ませたのではないか。

「ユズちゃん、ミオさんがぬいぐるみ持ってるよ」

子どもの声が、私の体の硬直を解いた。

「そうだよ、これかわいくない？」

言いながら、とっさにガラス片を穿いていたパンツのポケットに突っ込んだ。大人の事情に子ども達を巻き込むわけにはいかない。

「ほら、このウサギさんで遊ぼうよ」と、ぬいぐるみを掲げる。

ユズちゃんはまだ泣き続けている。マスクが涙でびしょ濡れになっていた。

ぱちん、と音を立てて頭上の光が消え、大部屋が真っ暗になった。

電気を消した真凛はつかつかと廊下を歩いていく。残された私もそれに続いた。

ようやく店じまいだ。

基本的に午後九時までのそのあとクラブだが、ひとりの子どもの保護者の迎えが遅れ、すでに午後十時を過ぎていた。桐宮も結局戻ってこなかった。これから二人で戸締まりをして帰ることになる。

真凛と私は黙々と休憩室に入り、金庫からおのおのの貴重品を取り出した。コートを着込み、バッグを肩に掛けて外に出る。建物を取り囲む暗い演習林が風でざわめいていた。周囲に外灯はなく、ただ遠い空から月がわずかに白い光を落とすばかりだった。黒い木々の間から覗く学部棟の窓にもほとんど明かりは見られない。

玄関の鍵を真凛がかけた。鍵は古い型のもので、鍵穴に差し込んで回すのに苦労している。

最後までほとんど私を見なかった彼女の後頭部を眺めながら、やはり別れる前に声をかけておいた方がいいだろうと思った。

真凛を憎んだり羨んだりしたことはあった。だが、今はそうした気持ちをほとんど感じなかった。その態度から、決して仲良くしたい相手ではなかったが。

「海野さん」

私が名前を呼ぶのと、真凛が施錠を終えたのはほぼ同時だった。

彼女は私の呼びかけを完全に無視した。くるりとブーツのヒールを回して私に背を向け、先に帰ろうとする。前にも同じような態度を取られたことを思い出し、

「ねえ、ちょっと」

逃げられまいと私は真凛の腕を摑んだ。途端、

「やめて」

金切り声を上げられて、びっくりした。それほど強く握ったつもりはなかったのだが。

「すみません」と手を離すと、

「……て」

か細い声がした。

「え？」

私は月明かりを頼りに真凛の顔を見た。吊り上がった眉に、こちらを睨みつけてくる目を想像していた。だが実際は、その眉も目元も、今にも泣き出しそうに歪められていた。

「許して。殺さないで」

言われている意味がわからない。私は彼女に嫌われて無視されていたのではなかっ

たのか。

返事のしようがなく黙っていると、

「あんたがやったんでしょ」

おどおどと瞳を揺らしながら、真凛は言った。

「前に夕食のカレーの中に食器のかけらを入れたのは」

「私が？」

「さっきも見たんだから。あんたがウサギのぬいぐるみの中に、こっそりガラスのかけらを入れようとするところを」

違う。私が入れたのではない。逆にぬいぐるみに混入されていた異物を取り出しただけだ。

私に弁解させる暇を与えず、

「全部、私への仕返しなんでしょ」と真凛は言い募った。

「私があんたのことを笑ったから。中学の時にあんたの歯並びを友達と馬鹿にして。それだけじゃない。今年になって、あんたが大学の事務にやってきたから、また私は同じことをした。友達や彼氏を引き連れてあんたを笑った。あんたはそれをずっと恨んでいた」

「ちょっと、海野さん……」

「ごめんなさい」

真凜はがばりと頭を下げた。

「本当にごめんなさい。そんなに悪気はなかったの。だから、許して。殺さないで」

私は言葉もなく彼女の頭頂を眺めた。垂れた前髪が小刻みに震えていた。

真凜がそのあとクラブで私を無視し続けるのは、それほど私のことが嫌いなのだと思っていた。だが実際は、正視できないほど私に怯えていたのだ。殺されるとまで思うのはかなり大げさな怖がり方だが。それに、彼女は完全に誤解している。

何と言葉をかけるべきか困惑していると、真凜はこわごわと頭を上げ、私の様子を窺いながら後ずさりし始めた。今にも隙を見て逃げ出しそうだ。

このまま別れてはいけないと思った時、

「真凜ちゃん」

風が声を運んできた。

ふりむくと、演習林の中に人影があった。

「渚くん」

真凜が弾かれたように駆け出す。

「待って」と私は手を伸ばしたが、間に合わなかった。指先が彼女の背に軽く触れただけだった。真凜は私からみるみる離れていき、彼に縋《すが》りつくように駆け寄った。

と、彼は右手を振り上げ、力任せに真凛の頬を張り飛ばした。

私は小さく悲鳴を上げた。

真凛の体は木の葉のように一度宙を舞い、地面に叩きつけられた。

足下に横たわった彼女を見下ろし、

「びびってんじゃねえよ」

彼は小さくつぶやく。

その声に反応するように、真凛が動いた。地面に手をついてのろのろと顔を上げる。打たれた衝撃でマスクが外れ、左の頬が赤くなっているのが夜目にもわかった。それでも、彼女の恋人を見上げる目は無垢《むく》だった。

「渚くん？」

自分に何が起こったのか、まだよくわかっていないようだ。

「違う」

私は呻いた。

「その人は、渚丈太郎じゃない」

真凛は訝しげに瞬きをした。

今朝、始業早々にひとりの大柄な男性が事務所の受付を訪ねてきた。初めて見る顔だった。彼は二年あまり大学を休学しており、復学の手続きをしにやってきたのだった。彼には鹿沼が対応した。

床に落とした書類を拾いながら、そのやりとりを何気なく聞いていた私は、彼が渚丈太郎を名乗ったので耳を疑った。彼は二年間休学して海外に留学しており、このたび帰国したと説明していた。私は密かにもう一度、在学生のデータベースにアクセスし、渚の情報を調べた。先ほどは見落としていたが、確かに休学中の欄にチェックが入っていた。

では、今まで渚として学内を闊歩し、学生の真凛と付き合い、ジャーナリスト志望と称して私に近づいてきた男は何者なのか。

彼が私を見た。その光のない目に、首筋から冷や汗が滴り落ちた。

彼が渚でないと気づいてから、思い出したことがある。

二人で筑野バルの社長、銅森の身辺を探っていた時のことだ。

妃奈の元交際相手である彼に接触を図った後、私達は見知らぬ男達に襲撃された。当時は銅森の用心棒の金田の仕業だと思っていたが、実際のところは銅森の指図だったようだ。

渚はひとりで男達に立ち向かっていった。取っ組み合いになる中で、地面にナイフが落ちるのが見えて、私はぞっとした。しかし、渚はまったく怯まなかった。後に、「向こうに殺す気はないのはわかっていた。ただ脅すだけだろうと」と言っていた。

脅すだけのつもりなら、なぜ男達は初めにナイフをちらつかせなかったのだろう。その方がいきなり殴りかかるよりも手間がかからず、脅迫としては効果的だ。ところが実際は、ナイフは乱闘の途中で持ち出された。相手を傷つけるつもりがないのなら、ずいぶん無謀なやり方だった。あの接近戦で刃物を振り回せば、最悪、死者が出たかもしれない。男達はそこまで頭が回らなかったのか。

そうではなくて、ナイフは渚が持っていたものだったのではないかと、私は思い至った。素手でちょっと痛めつけるだけのつもりだった男達に対して、渚の方がナイフを持ち出した。彼の方に手加減をするつもりがなかったのだ。無事で済んで幸運だったのは、襲撃者の方だったのではないだろうか。

私達の頭上で雑木林の枝葉が唸っていた。

その男は今、真凜を挟んで私と向かい合うようにして立っていた。なぜ彼は学生のふりをしているのか。また、なぜ日常的に刃物を持ち歩いているのか。

私は掠れた声を出した。

「あなた、誰なんですか」

その答えは半ばわかっていたが、確認せずにはいられなかった。

「……真凜ちゃんが悪いんだ」

私の問いに答えず、彼はひとりごとのように言った。

四

「真凛ちゃんのせいだ」

渚は繰り返した。

名前を出されて、地面に座り込んだままの真凛が眉を寄せる。心あたりがないように見えた。

「こいつ」と渚は、飼っている犬猫を見下ろすような一瞥を真凛に投げて、

「初めは馬鹿にしてたんだよ、あんたのこと」

視線をまっすぐ私に戻した。

「中学の時に同じクラスだった歯抜けのブスが、大学の事務室で働いているって俺に教えてくれたくらいだった。だから俺も一緒に事務室まであんたを見にいって、おもしろがっていた。それが、小林妃奈の騒動がきっかけで、真凛ちゃんは変わってしまった。あんたのことばっかり怖がるんだよな」

ひどく憂鬱そうな口振りだった。

「小林美桜は、実はあの凶悪な佐神事件の被害者家族で、最近は妹まで殺されたらしい。しかも、その妹自身にも保険金殺人の疑惑がある。妹が犯罪者なら、姉の小林美

桜も同じことをするような人間なのかもしれない。自分はとんでもない人をいじめてしまった、どうしよう——真凛ちゃんは真っ青になって、そんなことを言うんだ。俺がどれだけ大丈夫だと宥めても安心しない。俺の前では口に出さなくても、態度でわかる」

つい先ほど、真凛が私からの仕返しをおそれていたことがわかった。私に「許して。殺さないで」などと言っていた。極端な怖がりようだと思ったが、妃奈の事件や疑惑に絡めて考えていたせいだったらしい。

「でも、その心理っておかしいだろ？」

渚に問いかけられて、私は頷こうとした。真凛の恐怖は私への誤解からきているのだから。だが、そうする前に、

「真凛ちゃんにとって一番怖いのは俺じゃないとおかしいだろ？　彼氏としても、男としても」

小首を傾げながら、渚は当然のように言った。

「え？」

「怖いって思われることは尊敬されていることなんだから。真凛ちゃんが心から恐れるべき相手は俺ひとりなんだ。それなのに、見当違いの方へ目を向けている。彼女の目を覚まして、ちゃんと俺が最も尊敬すべき存在だと気づかせてあげないと」

言葉が出てこなかった。

「ただ、矯正の仕方が問題だった。真凛ちゃんのあんたに対する怯え方は尋常じゃないレベルだったんだ。これはもう、ちょっと俺が痛めつけたくらいではわからないだろうなと思った。だから、いつもと方向性を変えた」

いつも、とは、どういうことなのか。私は意識的に想像しないようにした。

「あんたが恐れるに値しないことは明らかだ。職場で働いている姿を見れば誰にでもわかる。あんたはいつでも、鶏小屋の中で人間に食われるのを待っているニワトリみたいにおどおどしているからな。それでも真凛ちゃんがあんたを怖がる根拠は、あんたの妹の小林妃奈の疑惑にある。要はその疑惑さえ晴らせば、真凛ちゃんの誤解も解けるというわけだ。ちょうどあんたも妹の無実を証明しようとしていたから、それに協力する形になった。俺は役に立っただろう？」

いくぶん得意げに言われたが、

「……どんな手を使ったんですか」

嫌な感じがした。

「私が見つけられなかった川喜多や銅森の情報を簡単に探し出してきましたよね？どうやったんですか」

この男は身分を詐称していた。したがって、就職を控えた経済学部の学生ではない。

幼馴染みを失ってジャーナリストを志すようになった話も嘘だろう。取材や調査のノウハウなど何ひとつなかったはずだ。

「まあ力業だな」

渚は肩を竦《すく》める。

「週刊リアルの水戸って女は、骨のない記者で楽だったよ。ちょっと脅しつけたら割と簡単に何でも教えてくれた。Aさんと呼ばれていた川喜多の素性とか、銅森の実家の住所とか」

最近、水戸の姿を見ていなかったことに、今になって気づいた。

妃奈の疑惑が浮上した直後は、彼女に毎日のように待ち伏せされた。彼女は週刊リアルの記者の中で私を取材する担当のようだった。それが、ある時点から私の前に現れなくなった。週刊リアルの記者と遭遇することはあっても、彼女とは別の人間だった。

確か、最後に水戸に会ったのは、筑野バルの本社の前でだった。いつものように彼女は取材を受けるよう迫り、私を困らせた。それを渚が遮り、追い払ってくれた。あの時、水戸と渚の間に繋がりができたのだ。

思えば、彼が水戸を追い払ったやり方も卑劣なものだった。気にならなかったわけではなかったが、私は彼に縋ってしまった。

しかも、私は乞われるままに渚に水戸の名刺を見せてしまった。名刺には彼女の姓名と所属、連絡先などが記されていた。

それを利用して、渚は情報を引き出すために彼女を脅したというのか。私にとって迷惑な存在ではあったが、無邪気な目で真実を求めていたあの女性を、二度と仕事ができなくなるほど。

「だが、全部水戸から知れたわけじゃない。あの低能女、まだ銅森の交友関係も満足に摑めていなかったんだ。だから、銅森の実家からやつの卒アルやら名簿やらを借りてくるしかなかった。そっちは面倒だったな」

筑野に聞き込みに行った際、銅森の実家が空き巣被害にあったと聞いた。その犯人は渚で、銅森の卒業アルバムと同窓生名簿を盗み出していたようだ。

「まあ、そうした俺の尽力の結果、小林妃奈が保険金殺人を行っていなかったことがはっきりした。その事実を、あんたが金田との約束を守って公表しないと言い出した時は、正直切れそうになったよ。あんたの妹が無実だったと、世間に認識されなきゃ意味がない。それで初めて真凛ちゃんが安心できるんだ。

俺は公表のためにどんな手でも使う気だったが、その前に世間の風向きが変わった。あんたの母親が殺されたことや、殺人犯の佐神翔が所在不明になったこと、財団の寄付の話なんかがうまい具合に出てきた。おかげで、特に証拠がなくても小林妃奈の身は潔白同然になった。あんたの妹は全然、怖くなかった。やっぱり、あんた達はただの哀れな被害者家族なんだよ」

渚は抑揚も息継ぎもなく続ける。

「俺の目的は果たされた。これで俺は真凛ちゃんにとって一番の人間になるはずだ。俺は世間に浸透した事実を示しながら、優しく真凛ちゃんに言い聞かせてやった。小林美桜は恐れるに足りない人間なんだと。ちゃんと説明してあげたよな、真凛ちゃん？」

恋人に同意を求められた真凛は、ただ目を見開いているばかりだった。今まで彼の本性にまったく気づいていなかったことが窺えた。当然だろう。恋人に自分を正しく恐れてほしいと望む彼の思考を、どうして理解できるだろうか。

真凛は気の毒だ、と私は自然に思った。ごくふつうのキャンパスライフを楽しんでいたはずが、こんなおかしな人間に好かれてしまうとは。あたり前だが、私以外にも不幸な人間はいるのだ。

いや、他人事のように思っている場合ではなかった。

「だが」

いっそう低くなった渚の声に、真凛も私もぎょっとした。

「真凛ちゃんは納得しなかった。やっぱりどうしてもあんたが怖いんだと」

渚の指が私を差した。直接、胸を突き刺されたような気がした。

「小林美桜に罪がないのはわかっている。だが、被害者側とはいえ、そもそも犯罪にかかわったことのある人間というのが無理なんだそうだ。しかも、あんたの被害は一度じゃない。父親と妹、母親まで殺されている。それはふつうじゃない。だから受け付けられない。もうそのあとクラブのボランティアにも行きたくない。そこで小林美桜の顔を見るだけでも怖くてたまらないんだと」

ずばりと言われて胸は痛むが、そんなものかもしれないと思った。日本で一生のうちに犯罪被害に遭う人間は圧倒的少数派だ。大多数の人々は、そんな相手に何か不吉な因縁めいたものを感じるのだろう。一般から疎外されるのも虐げられる側の習いだ。私が今までの苦い経験の数々を思い出しかけていると、

「想像できるか」

渚がそれを遮った。

「付き合ってる彼女にそう言われた俺の気持ちが、想像できるか。俺は彼氏として形なしだ」

文字通り、彼は肩を落として脱力した。背後の演習林の一本で首を吊っているように項垂れて見えた。こちらにとってはわけのわからない理屈だが、この男は心底傷ついたらしかった。

「だから、さ」

ゆらり、と彼は前に足を踏み出した。たった一歩だが、その姿がぐっと大きくなったように感じられた。

「もうあんたを殺すしかないじゃん」

一瞬、何を言われたのかわからなかった。

「俺がどれだけあんたの化けの皮を剝いでやっても真凛ちゃんが怖がるんだから。俺があんたよりすごいんだってところを直接見せてやるしかない。そうすれば、真凛ちゃんも俺を尊敬するようになるだろ」

顔を上げた渚の右手にいつしかナイフが握られていた。月のほの明かりだけで先端がきつく光っている。あれは先日の乱闘で見かけたものだろうか。それとも、また新しく用意したものなのだろうか。

「初めはあんたをぼこぼこに痛めつけて動画に撮ろうとでも思ったんだけどな。それを見せたら真凛ちゃんにも俺の価値が理解できるだろ。

でも、あんたけっこう賢いから。か弱そうに見せてその実、泣き寝入りするタイプじゃないだろ。安易に手を出してしくじりたくはない。

それに、あんたは俺がこの大学の学生じゃないことにも気づいてる。渚丈太郎が帰国して、大学の事務室を訪れたらしいな」

また新たな冷や汗が滲んできた。私が渚の詐称に気づいていたことは、把握されていたのか。知らないふりなどせずに、気づいた時点でさっさと警察に通報すればよかった。

「真凛ちゃんがけっこうかわいかったから、今回は引き時を見誤った。いつもはもう少しうまくフェードアウトするんだが」

闇の中でぼやくこの男がこうして他人の人生を無断拝借するのは何度めなのだろうか。

「大学職員のあんたが上司にチクったら、俺は終わりだ。真凛ちゃんとの関係だけじゃない。ここでの大学生活は終わって、俺は恥を晒すことになる。じゃあやっぱり、あんたを殺すしかないじゃん。ああ、面倒くせえ」

渚は気だるげに肩を回し、私にナイフを向けた。彼の双眸《そうぼう》はナイフの切っ先よりも鋭かった。

「ちゃんと見とけよ、真凛ちゃん」

その場に彼女を残し、ざく、ざく、と落ち葉を踏みしめながら、渚が近づいてくる。

私は悲鳴を上げようとした。だが、吸い込んだ夜気が喉の奥でかたまり、呼吸ができなくなっただけだった。体も動かない。渚の思考が理解しきれず、逃げるタイミングを逃した上に、はっきりと伝わる殺意に全身を縛られていた。

渚の姿がどんどん大きくなる。反対に自分の身が縮んでいく気がした。かつて何度も見た血の赤い色を、今度は自分の体から見ることになるのか。

「おい」

横から男性の声が飛んできた。

「何してるんだ」

声の主が誰なのか、体の動かない私は首を回して確かめることができなかった。だが、すぐに彼は視界に入ってきた。私のそばまで駆け寄ってきたのだ。

桐宮だった。就活でもしていたのか、初めて見るスーツ姿だった。

彼は渚から庇うように私の前に立った。その肩が上下している。彼は用事が済み次第、そのあとクラブにやってくると言っていた。遠目に私達を見つけ、走ってきたらしい。

「どけよ」

渚が低い声で凄んだ。

「ナイフを下ろせ」

桐宮は冷静に応じた。

「あんた、自分が何してるのかわかってるのか」

「わかってないのはおまえの方だろ」

渚は部外者とは話す気はないというふうに前進した。

「俺はそいつに用があるんだよ」

ナイフごと私達に突っ込んでくる。

桐宮は引かなかった。私の盾になるように両手を広げた。

その背中が、渚にぶつかられた衝撃で揺れた。

私はあっと声を漏らした。

しかし、それはガラスを叩き割ったような凄まじい悲鳴にかき消された。

桐宮が地面に膝をついた。

その向こうで、渚が動きを止めるのが見えた。悲鳴の上がった斜め後方をゆっくりとふりかえる。

そこに座り込んでいたのは真凛だった。彼女の位置からは、渚がナイフをかざして桐宮に襲いかかるのがはっきりと見えたのだろう。悲鳴が止まった後も、白い顔が一度溶けてかたまった蠟燭《ろうそく》のように引きつっている。

「真凛ちゃん?」

渚が呼びかけると、真凛の顔はいっそう歪み、ほとんど白目を剝いた状態になった。

「わかってくれたか」

渚が声を弾ませた。

「やっと少しは俺のことをわかってくれたのか」

その横顔は、喜びに輝いていた。これほど生き生きとした彼の顔を私は見たことがなかった。

渚の言葉に、真凛は壊れた人形のようにがくがくと体を戦慄《おのの》かせた。彼の言うとおり、人を傷つけることも厭《いと》わない彼氏の本性を実感したのだろう。

「……い」

彼女は急に立ち上がった。

「いやっ」

一声叫ぶと、演習林の中を駆け出した。もはや渚を見ることさえ耐えられなくなったに違いなかった。

すると、渚も踊り上がって私達の前から踵を返した。

「待てよ、真凛ちゃん」

嬉々として真凛を追いかけていく。

「もっとちゃんと見てくれよ、俺はすごいんだから。これからやるから見てくれよ……」

次第に遠ざかる彼の声には、抑えきれない笑いが滲んでいた。それに応えることなく、真凛の背中は演習林に消える。続いて、恋人を追う渚のそれも見えなくなった。

私と桐宮がその場に残された。

五

渚が立ち去ると、ようやく金縛りが解けた。

「だ、大丈夫ですか」

慌ててそばの桐宮に声をかけた。私を守って体を張った彼は、渚にナイフで刺されていた。彼の背後からしか見ていないので、正確にはわからないが、胸のあたりを突かれていた。

私の声に、

「ああ」と桐宮が立ち上がろうとしたので、

「動かないでください」と制した。暗闇で出血などが確認できず、どれだけの深手を負っているのかわからない。

「そのままでいてください。救急車を呼びます」

肩に掛けたままのバッグを下ろし、スマートフォンを探した。すると、

「通報はいりません」

私の手を桐宮が押さえた。私は彼を見た。すでに立ち上がっている。

「怪我は」

「普段はパンツのポケットしか使わないんですけどね」と、桐宮は懐にもう片方の手を入れた。

「今日はスーツだったので、たまたまこっちに入れていたんです」

着ているジャケットの内ポケットからスマートフォンを取り出す。その画面には蜘蛛《くも》の巣のようなひびが入っていた。

「これって」

「ちょうどここにナイフがあたったんです。おかげで命拾いをしました」

懐のスマートフォンが偶然にも鎧のような役割を果たしてくれたらしい。私はほっとした。

「怪我はないんですね」

「かすり傷ひとつありませんよ」と彼はほほえんだ。

「よかった……」

「すみませんでした。僕がそのあとクラブを小林さんと海野さんだけに任せたばっかりに」

「いえ」

桐宮は頭を下げるので私は手を振った。渚の件は彼にかかわりのあるものではない。

こちらの問題だった。桐宮が来てくれなければ、私は確実にあの男に刺されていただろう。改めてぞっとしていると、

「小林さん達に迷惑がかからないように、今夜中に解決しようとしたのが逆効果でした」と桐宮が言った。

私は首を傾げた。どういうことだろう。

「僕は家庭訪問をしてきたんです」と彼は説明した。

「ヒロくんのご家庭を訪ねて、彼と彼の父親と三人で話し合ってきました」

確かに、今夜のそのあとクラブにあの男の子は来ていなかった。ほかの子ども達の面倒見がよく、盛り上げ役も務めてくれるので、いてくれると助かる存在なのだが。

「前に話していたように、最近、そのあとクラブは人手が足りずに困っています。学生ボランティアがどんどん辞めていくんです。それも、辞めるのは女性ばかりだということに気づきました。もともと学生ボランティアは女性が大半なので、スタッフ不足になったというわけです。僕自身が男性なので、ずっとわからなかったんですが、調べてみると、女性スタッフはそのあとクラブで嫌がらせのようなものを受けていることが判明しました」

「嫌がらせ？」

「はい。食事に陶器のかけらを入れられたり、玄関に置いておいた靴を濡らされたり

するらしいんです。それが誰の仕業かわからない。嫌がらせを受けた女性達は、子どもを疑うのも気分が悪いし、ほかのスタッフに相談しようにもその相手が犯人かもしれない。だからいい加減、嫌になって、黙って辞めてしまう。今日、やっとそれがわかったんです。誰がそのあとクラブで嫌がらせを行っていたのかも」

「もしかして、ヒロくんだったんですか」

にわかには信じられなかったが、話の流れではそうとしか考えられない。案の定、桐宮は首肯した。

「以前、そのあとクラブを利用する子どもの家庭は複雑な事情を抱えているところが多い、と話したことがあると思います」

聞いた覚えはある。自分のことで手いっぱいだった私は半分聞き流していたが。

「ヒロくんのところは父子家庭です。彼の母親はいろいろな事情があって家を出たのですが、彼は捨てられたと認識しているようです。その影響で、母親を、さらには女性全般を憎むようになった。彼が日常で接する大人の女性といえば、学校の教師以外ではそのあとクラブのスタッフでした。そこで、女性スタッフに狙いを定めて嫌がらせを繰り返していたようです。また、女の子しか触らないようなおもちゃに細工もしていたみたいですね。たとえば、ぬいぐるみの中に鋭いガラス片を隠すとか」

あのヒロくんが。記憶に残っている彼は常にやわらかい笑顔を浮かべていた。彼が異物を混入させていたのか。

まだ私の顔に疑いが残っていたのだろう。

「ヒロくん自身が証言したんです」と桐宮は強調した。

「今日、僕が家庭訪問をすると、彼はすべてを白状しました。小林さんの職場のロッカーにニワトリの死骸を入れたことも」

「えっ」

「小林さんはヒロくんに、鶏肉が苦手だと言ったことがあったそうですね」

心あたりがある。そのあとクラブでのボランティア初日のことだ。バターチキンカレーの夕食を一緒に取ろうとヒロくんに誘われて、断るために説明したのだった。

「先日、たまたま彼の通う学校で飼っていたニワトリが死んだそうです。それで、小林さんに嫌がらせをすることを思いついたらしい。彼は放課後にニワトリの死骸をこっそり盗み出し、事務室まで持っていったんです」

「そうだったんですか」

あれは佐神による脅迫ではなかったのか。

「嫌な思いをさせてしまってすみませんでした。日を改めて、あの子にはちゃんと小林さんのところへ謝りにいかせます。僕も気づけずに本当に申し訳なかった」

「桐宮さんが謝ることじゃ……」

「あなたはそういう人だ」

桐宮は息をつく。

「僕が聞き取った中では、ロッカーにニワトリの死骸を入れられたあなたへの嫌がらせが一番ひどかった。誰の仕業ともわからない嫌がらせを受けながら、そのあとクラブへ通うことは相当に負担だったでしょう。それなのに、今まであなたは不平ひとつ漏らさずにボランティアを続けてくれた。頭が下がります」

別に、高い志があってボランティアをしていたわけではない。辞めることを思いつかなかったのは、一連の嫌がらせの犯人がそのあとクラブの関係者だとは考えなかったからだ。

しかし、桐宮は私に弁解をさせる暇を与えなかった。

「僕はそのあとクラブに協力してくれるあなたへの負担をできるだけ減らしたくて、今晩中にヒロくんへの家庭訪問を行うことに決めたんです。まさかその間に、あんなおかしな男がこっちにやってきていたとは。夜遅くまであるそのあとクラブを女性スタッフだけに任せるべきではありませんでした」

「……」

「でも間に合った。何とかあなたを守ることができた」

桐宮は目を細めた。

「やっと、守れた」

ざわっ、と木々を揺らした夜風が肌に張りついた。

相手の言葉に違和感を覚えた。

「……やっと？」と私はつぶやいた。

ごく自然に、桐宮は頷いた。

「ずっと、あなたに会いたいと思っていた」

私は相手のマスクで半分隠れた顔を見上げた。優しい声音で投げかけられた言葉の意味を考えた。じわじわと新しい可能性が頭に広がっていく。

私は素性を騙《かた》る渚を佐神と疑っていた。彼が私を殺そうとしているのだと。

実際、恐れたとおりに彼は私にナイフを向けてきた。だが、その動機は恋人の真凛に尊敬されたいというものだった。しかも、彼は私を襲う途中で真凛を追いかけてどこかへ行ってしまった。今にしてみれば、渚が佐神とは考えられない。

つまり、私はまだ佐神を特定できていない。

私の体は足先から冷たくなっていった。まさか。

桐宮がゆっくりと続けた。

「あなたの方は気づいていなかったでしょうね。僕はずいぶんと前からあなたのことを知っている」

大学の職員と院生として出会った以前に、私は彼と知り合っていたというのか。

混乱する私を前に、桐宮はヒントを出すように、

「那見」

独特の思い入れを込めて、私の故郷の地名を口にした。父が殺される日まで私が子ども時代を過ごした海のある町。

「僕もそこの出身なんです。子どもの頃、中学の通学路にログハウスの洋食屋がありました」

グリル那見のことだとしか考えられない。私のことを、子どもの頃から知っていたのか。それを隠して彼は私に近づき、有償ボランティアに勧誘した。おそらく、私に定期的に接触できるように。

「その店が、僕は気になって気になって。いや、本当に気になっていたのは……」

私はふいに耳を塞ぎたくなった。もはや彼の正体は明らかだった。

だが、まだ信じられない。

少しずつ種明かしをするように語る桐宮を、私は口を開けたまま眺めた。彼からは、先ほど渚が全身で発していたような殺気が感じられなかった。佐神は、彼の犯行の最後の標的に私を定めたのではなかったのか。

そこまで考えて、はっとした。

どうして佐神が我が家を皆殺しにすると、決めてかかっていたのだろう。

実は、彼がそのつもりでなかったのだとしたら。今までも、何らかの目的を持って犯行を重ねてきたのだとしたら。その動機は世間一般にいわれるような狂ったものではなく、一定の合理性を伴ったものなのではないか。

どうして私は自分が最後に殺されると思い込んでいたのだろう。

私は両親と妹を佐神に殺された。しかし、私自身が実害を受けたことはない。彼の仕業と疑っていた嫌がらせは、ヒロくんがやっていたことだった。

初めから佐神に私を殺す気はなかったのではないか。

なぜか。思いあたることはある。

それに、あの頃――事件が起こる少し前から、私は時おり自分を見つめる目を感じていなかったか。だが、気のせいだと思っていた。それで、今まで忘れていた。

私は大きな勘違いをしていたのかもしれない。

と、桐宮と目が合った。彼は頷くように瞬きをした。

「あの時、僕はあなたを救いたかった。あなたの涙を見たくなかった。だから、素性を隠して近づいた。でも、子どもだった僕は未熟で」

彼の声を聞きながら、私は、記憶を引き出した。

＊

十歳の私の日常は穏やかに流れていった。

父は依然として私をこよなくかわいがってくれた。それで、一度だけ父に頬を張られたショックはじきに薄らいだ。家を飛び出して大泣きしたことさえ、ほとんど忘れてしまった。

父の愛を確信し、自分の立ち位置が安定すると、私の意識はまた蓮に向けられるようになった。

やっぱり私は彼が好きだった。

もやもやと気になっていることはあった。なぜ彼が那見中に通っていることを私に隠しているのか。通学中に仲良く語らっていた女子生徒とはどういう関係なのか。どちらもわからずじまいだった。何だか問い質すのが怖かった。それでも、蓮への気持ちは膨れ上がる一方だった。

間が空くことがあっても、彼は必ず私の前に現れた。

夕暮れ時にふらりとやってきて、私を探すように我が家の店の前に自転車を止めた。それが私の心を支えていた。興味のない相手なら会いに来ないだろう。

また、蓮が来た時は、家族のいる店から見えない位置まで二人で移動して話すのが習慣になっていた。彼は料理人志望だったはずだ。それならふつうはずっと店の方を見ていたいのではないだろうか。

少しずつ私の期待は深まっていった。蓮も私と同じ思いを抱いているのではないか。だが、もちろん確信は持てず、彼と顔を合わせても表面的な会話を続けた。それだけでも十分楽しかった。

踏み込んできたのは、彼の方からだった。

その日、私達はいつも以上に長く話し込んでいた。蓮が店の看板メニューであるチキンのレモンソテーのつくり方を詳しく聞きたがったからだ。それは父が大好きな私にとって自慢の話題である一方、商売に差し障りがあるのでありのままに話していい事柄ではなかった。蓮の多くの質問に対して私が言葉を選ぶあまり、やりとりが長くなった。

気がつくと、日没に近かった。頭上で生い茂る木々の影が夜の色を帯び、互いの顔が見えにくいほどだった。

長居しすぎたと私は思った。そろそろ戻らなければ、父が心配する。

「じゃあ」と踵を返しかけたところ、

「待って」

蓮に呼び止められた。

「何？」

「君に聞きたいことがある」

かたい口調だった。だいたい、その日の蓮はどこか変だった。やけに落ち着きがないのだ。私と話している間中、ずっと雑草をちぎり続けていた。

なぜだろう、と考えて、私はどきりとした。告白、という言葉が頭をよぎった。彼は私に気持ちを伝えようとしているのではないか。

相手の緊張が伝わり、私も背筋を伸ばした。友達から経験談を聞いたことはあったが、自分が告白をされるのは初めてだった。蓮に向き直り、

「何？」

小声で繰り返した。

「ずっと前から気になっていたことがある」

慎重な切り出し方だった。私は彼の口から出てくる次の言葉を想像した。先に私が彼をどう思っているか、確認したいのだろうか。それとも、まずは私の名前を尋ねるところからか。

これほど何回も顔を合わせておきながら、私達はお互いの名前を知らなかった。なし崩し的な出会いだったために、名乗り合う機会がなかったのだ。

蓮というのは、私が心の中で勝手に彼につけた呼び名だった。彼の面影が私の好きな男性アイドルと似ていたので、同じ名前をつけた。彼の方も私の名前を知らないはずだ。互いの名前を呼び合わなくても会話は成立したので、何となくそのままできていた。改めて尋ねるのも気恥ずかしかった。

しかし告白となると話は別だ。初めての彼氏になる人の名前は知りたいし、私も彼に名前で呼ばれて告白されたい。

私はどきどきする心臓を抱えて彼の言葉を待ち受けた。

彼はすっと息を吸い込むと、

「君の姉妹のことだ」と言った。

聞き違いかと思った。私のことではなくて。

「姉妹？」

「ああ。初めは君と勘違いして、君のところは三人家族だと思っていた。でも、違った。君にはお姉さんか、妹がいる」

予想とはまったく違う言葉に、すぐには頭がはたらかなかった。

「この時間、いつも君の両親は店で働いている。君は店を手伝ったり遊んだりしている。でも、君の姉妹だけはログハウスの裏の鶏小屋にいる」

訥々と紡がれる彼の言葉が、時間差で頭に染み込んできた。もしかして。もしかして。

「彼女のことが前から気になっていた。だから……」

我が家に通っていたということか。

「ねえ、君」と彼は私に顔を近づけた。最後まで、私の名前は聞いてくれなかった。

「君の家で起こっていることを、正直に話してくれないか。僕は彼女を救いたいんだ」

なあんだ、と思った瞬間、一気に気持ちが冷めた。

私は真剣な表情で口を動かしている彼を見た。馬鹿な人。続いて我が家の方を見やった。店で夜の営業が始まったばかりのログハウスは温かな光を灯しているが、その裏の小屋までは見通せない。電気も引かれていない鶏小屋は背後の山に紛れているのだ。

再び視線を彼に戻した。好かれているようだから好きになってあげたのに、彼は私を見ていたのではなかった。私の姉妹の方が気になるのだという。目が悪いのではないかと思った。似ていても、私の方がかわいいのに。

姉の美桜よりも、私の方が断然。

六

夜の木々が酸素を吸い取り、周囲の空気がどんどん薄くなっていくような気がした。

桐宮のほほえみを受けながら、私は記憶を引き出していた。

双子の妹の妃奈のノートを読んだ時の記憶を。

遺品整理をしに彼女の部屋に入った時、ベッド脇に数冊のノートが残されていた。そこには、彼女の最も幸せだった時代がこまごまと綴られていた。

特に彼女が筆まめだったという印象はないので、意外だった。筆圧の高い文字からは書かずにはいられないといった気迫が滲んでいた。妃奈は昔を懐かしむことで、つらい現在の日々を慰めていたのかもしれない。彼女にとって、父とともに過ごした子ども時代ほど完全なものはなかったはずだ。佐神に父を殺される事件さえ起こらなければ、その幸福は永遠に続いていただろう。

妃奈は父のお気に入りだった。

父とうまが合ったのだろう。双子で見た目はそっくりでも、妃奈と私の気質は違っていた。

父は特に妃奈をかわいがった。

妃奈の回顧録はその父との思い出がほとんどだった。初恋について述べられたところですら、父の影が何度も見え隠れする。一方で、母や私に関する記述はほとんどない。

もっとも、だからといって、決して私が父に疎まれていたわけではない。父の私への口調は常に優しかった。かつてはよく妃奈と一緒に父のいる厨房に入り浸ったものだった。

その頃は店の経営状況が芳しくなかったので、父には時間があった。新作のチキンのレモンソテーの売れゆきが伸び悩み、改良を重ねていた。私達は父の試作を手伝った。

「十年前のあなたを、僕は知っています」と桐宮は静かに言った。

断片的に妃奈の思い出が綴られた文章は、彼女の苦い初恋の顚末《てんまつ》がほのめかされたところで唐突に終わっていた。初恋の相手の意識が実は姉の私に向いていたというのは、気持ちのいい記憶ではないからだろう。

また、時系列から考えて、おそらくこの失恋の後に父が殺された事件が起こっている。当時、店が繁盛している様子が書かれているからだ。チキンのレモンソテーは開発から半年ほど経ってから評判になり始めた。事件発生はさらにその半年後だ。確定はできないが、季節などから考えて、妃奈の失恋は事件の直前のことではないだろうか。つまり、蓮との関係のその先を書き続けると、事件についても触れざるを得なくなる。それは避けたかったのだろう。事件の発生は妃奈の幸福な時代の終わりを意味した。ノートにはふつうの子どもが経験するようなささやかな出来事だけを残しておきたかったに違いない。

そんなことを考えたくらいで、私は妃奈のノートを最後まで読んでも特に何も気にかけなかった。もちろん、蓮と呼ばれた少年の存在のことも。

だが、私は見落としをしていなかったか。当時、蓮という少年は妃奈ではなく私に関心を抱いていたという。妃奈はそれを彼の恋心と解釈していたようだが、まずあり得ないことだ。

「僕はこの目で見たんです」

桐宮の静かな視線が突き刺さる。

「初めは人気の洋食屋への興味からでした。ログハウスも格好よかった。それで、中学からの帰り道に寄ってみたんです。もちろん、ひとりで外食するような年ではなかったので、店の中を覗いてみようと思っただけでした。でも、店の正面の窓から覗き込むのは決まりが悪かった。怒られるかもしれないとも思いましたし。それで、店の裏の方へ回ってみました」

彼の言葉に記憶が立ち上がる。ログハウスの店の入り口や、飴色《あめいろ》になった木組みの壁の様子がありありと目に浮かんだ。

「店はまだ夜の営業前で客はいないようでした。いいにおいの漂ってくる厨房の入り口まで来た時、建物の裏に隠れるようにして、小屋があることに気づきました」

正面の窓から海が望めるログハウスは、山を背にして建っていた。建物の裏手と山の斜面に挟まれるようにして、その小屋はあった。店を訪れる客達の目にはまず映らない位置だった。

「近づいていくと、臭いや鳴き声から、鶏小屋であることがわかりました。何となく隙間から覗き込んで、驚きました。薄暗い中で、小学生くらいの女の子がひとりで鶏を捻っていた」

十数羽の鶏が押し込められた、狭い小屋の中の光景が蘇る。

「鳴きながら抵抗してばたつく鶏を、表情ひとつ変えずに押さえつけて殺した後は、その鶏を解体していった。血を抜いて、羽根を毟《むし》って、骨を折って、肉を切って。みるみる小屋の中に鶏の血のにおいが充満して、女の子の手は真っ赤になった。それでも、やっぱりその子は無表情だった。僕が見ているのにも気づかずに、次々と鶏を捌いていった」

「……」

「大変なものを見てしまったと思った。女の子の慣れきった感じが、かえって痛々しかった。詳しい事情はわからなかったけど、どれだけ彼女の心は傷ついているのだろうと思うと、胸が苦しくてたまらなかった」

私は思わず目を閉じた。十歳の頃の自分の感情が、あまりに生々しく溢れてくるので。

私が子どもの頃、グリル那見の経営は行き詰まっていた。

父は苦悩していた。祖父から使い込まれたエプロンとともに受け継いだ店を潰してしまうのではないかと。収益を上げるために新メニューの開発に尽力し、チキンのレモンソテーを売り出したが、効果は今ひとつだった。彼自身、その出来に納得していない節があった。

私と妃奈は父を元気づけたかったので、しょっちゅう店の厨房へ行った。仕込みをしている父に何かできることはないかと聞いた。父はにこにこと私達の顔を交互に見て、「じゃあお願いしようかな」と言った。

初めは皿を出すなどの簡単な手伝いを頼まれた。それができると、徐々に調理の補助を任されるようになっていった。

もっとも、妃奈はずっと、ただレモンを搾る係だった。彼女は不器用だったのだ。本人には自覚がなく、チキンのレモンソテーの味を左右する重要な役目だと父に言われて、素直に励んでいた。

一方で、私はすぐに包丁を持たせてもらえるようになった。魚を下ろしたり、野菜の皮を剝いたりしてみせると、さかんに父は褒めてくれた。私は内心で得意だった。自分は妃奈より腕を買われているのだ。

鶏肉を切ってみるように言われたのは、ごく自然な流れのように思われた。しかし、いつの間にか、その作業は奇妙に踏み込んだものになっていた。

気がつくと私は、父と二人でログハウスの裏の小屋にいた。

それは亡き祖父が建てた鶏小屋で、私と妃奈は中に入ることを禁じられていた。朽ちかかった木の壁がじめじめとして、外からでも動物のにおいが気になったので、私も近づこうとは思わなかった。父に促されて初めて足を踏み入れると、薄暗い中に五、六羽の鶏が見えた。丸々とした胴体を小刻みに揺らしながら歩き回っている。臭いけれど、案外かわいいな、と私は思った。

と、父がそのうちの一羽を抱え上げた。鳴いて暴れる鶏を押さえつけて首をへし折った。そうして、包丁を手にすると首を落として血を抜き、羽根を毟り、着々と捌いていった。

私は息もできなかった。小屋の鶏を店の料理に出すのだとは聞いていたが、その意味をあまり深く考えたことはなかったのだ。鶏からあれほど大量の血が流れることも知らなかった。

やがて、父がこちらを向いた。私はまともにその顔を見ることができなかった。俯いていると、声が降ってきた。

「やってごらん」

それは決して命令ではなかった。父の声は優しかった。

私は鶏の中でも比較的動きが鈍く見える一羽に手を伸ばした。

初めての解体を終えた時、父は私の手際を褒めてくれた。だが、血のにおいと手に残るべたつきで頭がいっぱいで、父の言葉は私の耳を上滑りしていった。

父は二羽の丸鶏をぶら下げて厨房に戻り、チキンのレモンソテーにして試食した。妃奈は父と一緒に食べていたが、私はとても喉を通らなかった。私の心はまだ鶏小屋にあった。

父は真剣な顔で二羽のチキンを食べ比べていた。そして、何かを感じ取ったようだった。

以来、チキンのレモンソテーに使う鶏の解体は私に任されるようになった。

父は仕込みの時間になると、私に、

「三皿分、頼むよ」と軽く肩叩きをした。私は黙って鶏小屋へ行った。

指定された分の鶏肉を揃えると、厨房へ持っていった。そこでは父がほかの料理の仕込みをしている。たまにレモン搾りを手伝う妃奈の姿もあったが、彼女はたいていは遊びに出かけていた。

私が鶏肉を手渡すと、父はありがとうと言ってくれた。次第に私の仕事があたり前になり、初めのように大げさに褒めることはなくなっていったが、必ずお礼は言ってくれた。

父はなぜ私に鶏の解体を任せるのか、説明をしなかった。ただ、推測はできた。彼は自身と娘、それぞれが捌いた鶏を食べ比べることによって、チキンのレモンソテーの完成度が違うことに気づいたらしかった。おそらく私の捌いた方が不思議とおいしくできたのだ。

その父の料理人としての味覚は正しかったのか。それとも、経営難に悩む父がジンクスに取りつかれていたのか。私にはわからない。

だが事実として、私が鶏を絞め始めた頃から、グリル那見のチキンのレモンソテーは評判になった。

店の経営が立て直される見込みが出てきた。家計にも改善の兆しが見え始めた。そのため、母も妃奈も、私が父から頼まれるようになった仕事について、何も言わなかった。見て見ぬふりをした。

店は弾みがついて繁盛し、休日には行列ができるほどになった。大半の客の目あてはあの看板メニューだ。そうすると、鶏小屋で地道に鶏を育てていては鶏肉の供給が追いつかなくなってきた。そこで、業者から食べ頃の鶏を十数羽、定期的に仕入れることになった。狭い小屋の中で、もはや鶏達は歩くこともできなかった。ただ、その場でわずかに首を上下させながら、くつくつと鳴いていた。私は毎日、その中に入っていった。

決して、強制されていたわけではなかった。父に頼まれていただけだ。父の私への口調は常に優しかった。

だから、私はやった。

地獄だった。

学校から帰ってくると、私はひとりで鶏小屋に入る。**死の激痛にのたうつ体を押さえつけ、切り裂く。**日に日に捌く鶏の数は増えていく。鶏の叫び声ともがく感触、血のにおいとべたつきが五感に張りついてしまって、涙も出なかった。

それでも、感情がどうしても揺れ動いて止められなかった時があった。

あの小屋の中で鶏と目が合ってしまった時だ。

絶対に見ないようにしていたのに、よりによって絞める瞬間に目を合わせてしまった。瞼のない鶏は、私を見つめたまま絶命した。

私は腕の中の生温かい死骸を放り出して小屋を出た。まだ父に注文された数を捌いていなかったが、限界だった。どうして自分だけがこんな目をしなくてはならないのか。厨房へ駆け込んだ。その際に、ちらりと店の正面の様子が見えた。すでに一組の客が入り口の前に立っていた。夜の営業の開始を待っているのだろう。

厨房は父ひとりだった。包丁を置いて振り返った彼は、ひどい顔と格好の私を見て驚いた。わけを尋ねられたので、私は初めて本音を口にした。嫌だと。もう鶏小屋に行きたくないと、泣きながら訴えた。

次の瞬間、鶏が入ってきた、と思った。さっき絞めて首を落とした鶏が、口の中に飛び込んできた。

顔面に衝撃を受け、口腔から出血していることに気づいた時には、私は冷蔵庫のそばに転がっていた。だしぬけに父から拳で殴り飛ばされ、倒れたのだった。どうして、と混乱した。今まで親に手を上げられたことは一度もなかった。

殴りつけた父自身が、ぎょっとした顔をしていた。取り繕うように私の前にかがみ込み、手を差し伸べようとした。

だが私は、父の心の深淵を覗いてしまった気がした。身を捩って父から逃れ、厨房を出た。そして、とぼとぼと鶏小屋に戻った。ほかに帰る場所が見つからなかったのだ。店には父がいる。店の外にはお客さんがいる。私はどうしても、鶏を殺し続けなければならないのだ。涙と鼻血が止まらない中で、仕事をやり遂げた。最後に、小屋に散らばった鶏の羽根を箒で掃き集めながら、また明日が来るのだと思った。

ちょうどその晩のことだった。

「あなたが不憫《ふびん》でならなかった」

記憶を割って、桐宮の声が入り込んできた。

「僕はあなたを救いたかった」

だから、父を殺したのか。

私は呆然と彼を眺めた。こちらに向けられたそのまなざしは、私の心を温めようとするかのようにやわらかかった。

父を殺した容疑で逮捕された佐神は取り調べで、「ゴミっぽい人間を殺した」と供述したという。彼はログハウスと鶏小屋を覗き見て、妃奈からさりげなく我が家の事情を探り、そう判断していたのか。グリル那見の料理人がいなくなれば、私が鶏を処理する必要はなくなる。

「でも、救いたいと思いながらも僕は中途半端だった。結局、途中であなたを見失ってしまった」

おそらく、父を殺してほどなくして警察に尻尾を摑まれてしまったからだ。逮捕された彼は少年院に入り、物理的に我が家から引き離されることになった。

「どこにいても、何年経っても、僕はあなたのことが忘れられなかった。常に気にかかっていた。だから、この大学で偶然、あなたらしき人を見つけた時には、ちょっと息が止まったくらいだった」

　桐宮の目じりが緩やかな曲線を描く。

「初めはあなたがあの女の子かどうか、確信が持てなかった。事務職員のあなたの名字しかわからなかったし、素顔を見ることもできなかった。あなたは決してマスクを外さないから」

　それは。私は無意識のうちにマスクをつけた口元に手をやっていた。それは、私の歯並びがひどく醜いからだ。

　十年前、父に顔面を殴られて以来、前歯が二本ともぐらつくようになった。私はできるだけ口を閉じて、それを誰にも知られまいとした。口腔《こうこう》の異変に気づかれれば、優しい父に殴られたことがばれる。

　また、隠すまでもなく周囲も気づかなかった。まさに、私が殴られたその日のうちに、父が殺される事件が起こったからだ。

　父は私が捌いた鶏で注文分のチキンのレモンソテーを提供し終えると、店じまいをした。その後、日課の散歩に出かけて佐神に殺害された。彼はログハウスを見張り、そこから出てきた父を尾行したのだろう。ひょっとすると、当日の私と父のやりとりを目撃していたのかもしれなかった。私が子ども部屋のベッドで密かに口腔の痛みを堪えているうちに、父は絶命した。

事件は翌日には発覚し、大騒ぎになった。その中で私の前歯を気にする者はいなかった。

数日すると痛みはましになったが、前歯のぐらつきは治らなかった。私はなるべく奥歯でものを噛むようにして保全に努めた。しかし、数ヶ月後には限界が訪れ、ついに私の前歯は右側がぽろりと抜けてしまった。すでに母は蒸発し、私は妃奈と別れて母方の祖母に引き取られていた。そのため、事件のあった晩との関連を疑われることはなかった。

ただ、私と父の最後の秘密は、私の外見を大きく変化させた。妃奈にそっくりだった私の顔は、前歯が一本抜けたことによって、ひどく間抜けに見えた。それに気づいても、吝嗇《りんしょく》な祖母は歯医者に行けとは言わなかった。私も行きたいと言えなかった。

学校の同級生達は間抜けな私の顔を見て蔑んだ。中学時代の真凛の印象が強いのは、ただ彼女が私を正面から笑ったからにすぎない。ほかの多くの人々は陰で笑っていた。

就職をして初任給を得てすぐ、一度だけ歯科を受診したことがある。安いものでいいので、差し歯などができれば、まだましな見た目になれるのではないかと思った。

だが、手遅れだった。もはや抜けた歯を継ぎ足せば済む問題ではなくなっていた。一本でも前歯を失った口腔は全体のバランスを欠き、歯並びががたがたになっていたのだ。すべてを治療するには普通車一台分くらいの予算が必要だと教えられて、あえなく断念した。私の歯並びの一生は定まった。醜い口元を見られたくないので、近年ではよほどのことがない限り私は人前でマスクを外さない。

「でも、マスクをしていても、やっぱりあなたがあの女の子で間違いないとわかった」

桐宮の言葉に、私は爪先から震えが這《は》い上がってくるのを感じた。

「あなたはあの時と変わらず、表情なく仕事をしていた。幸せそうではなかった。今度こそ、と僕は思った」

それで、今度は妃奈と母を見つけ出して殺したのか。父に苦しめられる私を助けなかった母も妹も、彼にとっては父と同罪だったのだ。一家を鏖殺《おうさつ》することで、私を救えると彼は考えた。

「僕はあなたの笑顔が見たくて……」

「やめてください」

堪えきれなくなり、私は桐宮を遮った。

鋭い調子に、彼が息をのむのがわかった。

「それで私が喜ぶとでも、思っているんですか」

父の死で私の生活は一変した。

確かに、いい意味でも。

あの時、ほっとしたことを覚えている。父が殺されたことで、母や妹が私と同じ立場になったから。

それまでは、我が家でつらい目をしているのは自分だけだった。私は小屋でひとり、延々と鶏を捌く。そこから十メートルも離れていないログハウスの中で、家族三人は楽しそうに一緒にいる。同じ双子なのに、妃奈は父を手伝ったり、遊びに行ったり、自由に過ごすことができた。かたや鶏の首を落とし続ける自分が惨めでたまらなかった。

その理不尽な家庭の均衡が、事件によって崩された。

父は殺され、母は蒸発した。私の境遇は孤独になった。だが、心は孤独ではなくなった。私には私と同じくらいに不幸な妃奈がいた。同じ星の下にいる妃奈がいた。両親がいなくても、貧しくても、歯並びが醜くても、あのログハウスでの家庭生活よりはずっとずっとましだった。同類さえいれば。

私があの事件に救われたことは事実だ。

だが、彼は私がそれをありがたがるとでも思っているのだろうか。

事件を起こしたのだから、彼のおかげになるのかもしれない。そうだとしても、感謝できるはずがない。

彼はあくまでも虐げる側の立場で、父を殺し、私達一家を蹴落とす形で私を救った。かりに我が家の実情を知り、私を思いやる心があって父を標的にしたとしても、それは彼のエゴだ。虐げられる星の下に生まれた私達を、虐げる高みから見下ろしている者のエゴだ。とうてい受け入れられなかった。私は佐神を絶対に許さない。

「小林さん？」

桐宮は私の言っていることが理解できないようだった。うっすらと眉を曇らせている。

その時になって、初めて私は彼がまだ自分の手を押さえていることに気づいた。バッグからスマートフォンを取り出そうとした私を、彼はさりげなく手で制していたのだった。

「触らないで」

振り払いざま、バッグを彼に投げつけた。噴き上がる怒りで全身が熱かった。が、バッグが見事に相手の顔面に命中すると、自分はおぞましい殺人鬼と対峙しているのだということに思い至った。この男はもう何人も殺しているのだ。しかも、彼は、

「ちょっと、小林さん」

バッグがあたった痛みを感じるふうもなく、手を伸ばしてくる。私はぞっとして逃げ出した。嫌だ。たとえ向こうに殺す気がないにしても、あの男と同じ場所に立ちたくなかった。

見えない背後から、

「待って」という声が追いかけてくる。私の足は自然と演習林を抜け、教務棟の裏へ回っていた。いつものそのあとクラブからの帰り道だ。

走りながら、助けを求めようとした。しかし、深夜の校内に人気は絶えてなかった。私は教務棟の方へ目を凝らした。そのあとクラブから帰る時、よく一階の事務室の窓明かりが見えるのだが、今は真っ暗だった。今夜に限って鹿沼達も残業していないのか。警察に通報しようにも、スマートフォンを入れたバッグを桐宮に投げつけてしまった。自分の短慮を悔やんでも遅い。とにかく大学を出るしかなかった。駅の方に近づけば、人がいるはずだ。

私は正門を目指した。裏から教務棟の正面に走り出た時、遠目に桐宮が見えた。彼は建物を回り込んできたらしい。私の方が近道を取っていたが、足は向こうの方が速そうだった。見つかればすぐに追いつかれる。私は慌ててまた教務棟の裏に引っ込んだ。引き返して裏門から脱出するべきか。

私は方向転換をして駆け出した。が、すぐに壁にぶつかってしりもちをついた。腰と掌《てのひら》でずるずると地面の土が抉《えぐ》れ、酸っぱい香りが鼻孔を刺した。見上げると、細く曲がりくねった影が聳えていた。壁ではなく、レモンの木だった。桐宮と初めて出会った場所にあった木に、行く手を塞がれたのだった。

「う……」

思わず声が漏れた。この時ほどレモンの木が不気味に見えたことはなかった。

しかし、それにぶつかった衝撃で、かえって私は冷静な判断力を取り戻した。

レモンの木の向こうには深々とした闇が満ちていた。ここから裏門まではかなりの距離がある上に、先ほど抜け出した演習林を通り抜けなければならない。そして、その黒い林は少し前に真凛を追う渚をのみ込んだのだということを思い出した。佐神ではなかったが、彼もまた異常な人間だった。自分の強さを恋人に見せつけたいという身勝手な理由で私に殺意を抱いていた。まだ林の中をうろうろしている可能性は十分にあり、遭遇したら危険だった。やはり、正門から突破するしかない。

とはいえ、正門を出てすぐに駅があるわけではない。大学前駅という名称ながら、そこに辿り着くには正門から緩い坂を延々と上っていかなければならない。歩けば二十分はかかる。走れば半分くらいに時間短縮できるだろうが、その間の一本道で助けを呼ぶことは難しいだろう。周囲にはほとんど建造物がないのだ。駅に到着するまでに桐宮に追いつかれてしまうだろう。

どこにいけばいいのか。

泣きそうになって、思いついた。

私は立ち上がって土を払った。そろそろと建物の陰から覗き見る。すると、桐宮の影は思いのほかこちらに近づいていなかった。周囲を見回しながら小走りしている。彼は演習林の中で早々に私を見失ってしまったようだ。それで、私の取った逃げ道がわからず、とりあえず教務棟の前の広い道に出たというふうだった。

この好機を逃してはならない。私は膝を曲げて両足に力を溜めた。彼がこちらに背を向けている時を見計らい、そっと建物の裏から出た。舗装された道ではなく並木の間を通って進んでいく。うまい具合に並木を支える土の地面が足音を消してくれた。このまま正門にさえ行き着けば。

しかし数秒後、何とも嫌な気配が背中に張りついた。ちらりとふりかえると、桐宮の影が大きくなっていた。気のせいだと思いたかったが、明らかにこちらに向かって駆けてくる。見つかった。私の名前を呼んでいるらしいことすらわかった。

私は木の間に隠れるのをやめて走り出した。とにかく少しでも桐宮との距離を空けたくて、道に出てアスファルトを蹴り続ける。正門まであと少しだ。ぜいぜいと喉を鳴らして、角を曲がる。見えた。石造りの門は闇に沈んでぼやけているが、その手前に小さな明かりが灯っている。

守衛室だ。そこでは守衛が寝ずの番をしているはずだった。駅まで行かずとも、彼に助けを求めればいいことに、ついさっき気づいたのだ。

私は黄色い光をわずかに湛える窓口に向かって全力で駆けた。

「すみません」と窓ガラスに取りつく。

思った通り、その中には初老の守衛がいた。椅子に腰掛け、のん気に私物らしいコーヒーミルで豆を挽《ひ》いている。

「警察に通報してください」

「はい？」

「一一〇番です。早く」と畳みかける。しかし、窓口の向こうの反応は鈍かった。顔馴染みの守衛は私が大学の職員だとはわかっているが、すぐには事態がのみ込めないようだ。

「何かありましたか」と言いつつも、まだ椅子に腰を落ち着けたままだ。

まずい。焦りで項《うなじ》がぴりぴりした。もうまもなく桐宮が角を曲がってやってくる。この様子を見られたら、警察への通報は妨害されるだろう。

私は窓口を離れ、その横の守衛室のドアに手をかけた。幸い、すんなりと開いた。見回りの際に鍵を開け閉めするのが面倒で、施錠していなかったのだろう。遠慮なく入り込み、後ろ手でドアを閉める。

そこは窓口のある二畳ほどの部屋だった。驚いた顔をした守衛が、椅子をくるりと回して私を見上げた。

「ちょっと、あなた……」

「追われているんです」

守衛に短く伝え、私は奥のドアを引いた。暗い部屋が続いていた。休憩室のようだ。深く考える暇も選択の余地もなかった。

「匿《かくま》ってください。お願いします」

返事を待たずに守衛の前でドアを閉めた。施錠できれば心強いが、鍵らしきものはついていなかった。

「あの、何のことだか」と、ドア越しに守衛の戸惑った声がした。ドアノブにも手をかけたようだが、直後に、

「すみません」

窓口の方からよく通る声がした。

私はぎくりとした。桐宮の声だ。もうやってきたのだ。

外から声がしたので、守衛は一旦、私への事情聴取を諦めたようだった。

「はいはい」と窓口の方へ向かう気配がする。

お願い。私は声に出さずに守衛に懇願した。桐宮をうまく追い払ってほしい。

少しでも桐宮から距離を取るために、私はそろそろとドアから離れた。電気はつけずに、闇の中でざっと室内を見回す。窓口のある部屋よりは広いが、それでも四畳半ほどだ。守衛はここで仮眠を取ったりするのだろう。固定電話は見あたらない。来客

対応のため、内線も兼ねた電話は窓口に置かれていたことを思い出す。警察への通報は桐宮が窓口の前から立ち去るまで待つしかない。

また、この部屋には窓や裏口などもなかった。ここで留まって息を潜めているしかないようだ。私は自分の両腕をきつく押さえた。じっとして物音さえ立てなければ、私が隠れていることは桐宮に気づかれないはずだ。守衛がうまくやり過ごしてくれれば。

窓口の方からはぼそぼそとした二人の声が伝わってくる。話の内容までは聞き取れないが、私の所在を尋ねる桐宮に対し、守衛がしらを切ってくれているはずだ。二人のやりとりがなかなか途切れないのが気にかかった。桐宮は守衛の言葉を疑っているのか。

と、守衛室のドアの開閉音がした。

「この」「あっ」

荒々しい足音と、複数の物が落ちる音。くぐもった声。どさり、と重たいものが落ちる音。

そんな。私は部屋の奥へと後ずさった。守衛の態度に不審を覚えた桐宮が、窓口に踏み込んできたのか。物音は守衛がそれを防ごうとしたものだろう。最後の重たい音が彼が倒されたものだったとすれば、この休憩室が桐宮に見つかるのは時間の問題だ。

どうすればいい。後ずさる背中はすぐに壁についてしまった。逃げ場がない。桐宮と向き合わなくてはならない。何か身を防ぐものは持っていないかと体を探っていると、さっき閉めたばかりのドアが開け放たれた。

窓口からの明かりがさっと部屋の中に差し込んだ。

何かが異様にぎらりと反射して、一瞬、私の目は眩《くら》んだ。長い魚の腹のようなものが部屋に向かって突き出されているのだ。その正体に気づいて、腰を抜かしそうになった。私を捕らえにきた男の影は刃物を持っていた。日本刀だろうか。部屋の入り口からでも私を串刺しにできそうなほど長い刃身だった。いつのまに用意したのだろう。あんなものを躱して逃げきれるはずがない。私の喉から呻き声が漏れた。

「桐宮さ……」

途中で言葉が止まった。

逆光で見えにくかった姿が、だんだん見分けられてきていた。私の前に立つ男はスーツではなく、紺色の制服を着ていた。

ふいに、数分前の光景が脳裏をよぎった。気楽そうにコーヒー豆を挽く彼は、鼻歌を歌っていた。

それは、ウシワカウシワカ、と聞こえた。

七

自分の呼吸の音ばかりがやたらに耳の中いっぱいに聞こえる。

目がおかしくなったのだろうかと訝《いぶか》った。

なぜ守衛が私に刃物を突きつけているのか。

よく見ると、彼の背後にはスーツの体が転がっていた。窓口のある部屋で桐宮が倒れているようだ。殴られて気絶したのか、ぴくりとも動かない。

新たな考えが頭をもたげた。

桐宮が佐神だと思ったのは、私の勘違いだったのではないか。

彼が那見市の出身で、幼少時の私の姿を知っていたというのは事実だろう。店のために食鳥処理を強いられる私を見て、助けてあげたいと思ったことも。

だが、中学生だった桐宮の手には余る問題だった。私の妹の妃奈に近づいて事情を探るも、どうすることもできなかった。それを彼は中途半端と表現したのではないか。そのうちに父の殺害事件が起こり、我が家は離散した。私は祖母に引き取られて那見市を離れたので、桐宮は鶏小屋の少女を見失ったことになる。

それでも、桐宮が私を忘れられなかったというのも理解できる。朽ちかけた小屋の中で私が鶏を絞める光景は、そのどぎつさゆえに彼の目に焼きついていたのだろう。彼にとって、私は世の中に存在する虐げられる子どもの象徴だったのだ。

また、そうした子ども達を救いたいという言葉が口先だけのものでないことは、桐宮が現在、大学でボランティアサークルを運営していることからわかる。そのあとクラブでは、働く保護者の児童の放課後を支援している。彼は児童を預かるだけでなく、素行に問題のある子の家庭訪問も行っていた。

そのような日々の中で、彼は学内で偶然、事務職員として働く私を見つけた。昼休みに教務棟の裏で出会ってからしばらくは、彼は私に挨拶をするだけだった。私があの鶏小屋の少女だという確信が持てなかったのだ。声をかけてきたのは、ちょうど殺された妃奈の保険金詐欺疑惑が浮上した頃だ。

あの時、私は桐宮がまだ世間で騒がれている疑惑を知らないので、私をボランティアに誘ったのだと思った。しかし、実際は逆だったのではないか。桐宮は、疑惑の報道によって私を妃奈の姉と特定できたので、声をかけたのだ。つらい子ども時代を過ごした私の現況を知りたかったのだろう。また、そうした背景から、私がそのあとクラブのスタッフとして適任だと考えていた。

それだけだったのではないか。

彼は私を救いたいとは考えたが、そこにおかしな意味はなかった。そのためと銘打って父や妃奈や母を殺したのでもない。

なぜなら、桐宮は私に何ら犯行を示唆《しさ》していない。私を救いたかった、守りたかったと話していただけだ。それを私が早とちりしたのではないか。

逃げ出した私を彼が追いかけてきたのは、純粋に私の身を案じただけだったのかもしれない。私は渚に襲撃された直後だったのだから。

そうだとすると、佐神は別に存在していることになる。

だが。

私の意識は床の桐宮からその手前へと戻った。

日本刀を構えた相手はにこっと目を細め、

「久しぶり」と言った。毎日、校門で挨拶を交わしている時とは明らかに口調が違った。

この守衛が佐神ということがあるだろうか。

彼はどれだけ若く見積もっても、二十代には見えない。四十代後半から五十代といったところだろう。現在、行方知れずになっている佐神翔とは年齢が合わない。

「誰、ですか」

声が掠れた。

「まあ、わからないよね。実は前に一度会ってるんだけど」

まさか。会っていたとしても、日本刀を突きつけられる覚えはない。

「もう十年は経つなあ。窓ガラス越しとはいえ、私は君の顔を見た」

守衛と目が合った。その目つきに既視感を覚え、あっと私は声を漏らした。

十年前、父が殺され、佐神が逮捕されて二週間ほど経った頃のことだ。我が家に訪問客があった。母は門前払いしたが、私は窓からその姿を見た。彼は――。

徐々に思い出していく私を眺めながら、彼はちょっとおどけた調子で名乗った。

「私、佐神逸夫《いつお》と申します」

佐神翔の、父親だ。

＊

物心のつく前後から、佐神逸夫の脳裏にはウシワカの光景が刻み込まれていた。

ウシワカになりたくて自分の母親を殺したが、失敗した。血が出るばかりで、すぱあん、とは斬れなかった。また別の人間を斬っても同じ結果になるだろう。これからどうすればいいのか、途方に暮れた。

すると、運命的な出会いがあった。

中学生の時、ある少女と知り合ったのだ。後から思えば佐神のひと目惚れだった。

海に臨む少女の家は整体院を経営していた。整体師の父親を彼女は心から尊敬していた。

整体に興味はなかったが、少女と話をしたくて、佐神は彼女の家業のことをいろいろ尋ねた。

少女は父から教わった整体術の知識を教えてくれた。その中の一言に、佐神は予想外に心を揺さぶられた。

「骨格って親子で似るんだって」

曰く、人体の骨組みは遺伝する傾向にあり、たとえ太っている痩せているなどの見た目の体格が違っても、親子の骨格は似通う場合が多いらしい。

何気ない少女の言葉に、佐神の頭に閃きが走った。数秒、目の前が真っ白になったほどだった。

そうか。彼は心の中で思った。無作為に人々を斬るのではなく、これと定めた一家の人間を順に狙っていけばいいのだ。

初めはうまく斬れないだろう。自分の母親の時のように。だが、その経験が糧になる。次の標的は同じ一家の人間なのだから、前回と骨格が似通っている。骨と骨の間を見定めて、きれいにすぱあん、と断ち斬れるだろう。さらにその次はもっとうまくなる。練習を重ねることにより、一家の最後のひとりは思い描いたとおりに、とてもすてきに斬り捨てられるだろう。

自分はウシワカになれる。

この思いつきに、佐神は飛び上がりたくなった。隣の少女が変な顔をしたので膝頭を押さえて我慢したが、頭の中はウシワカの旋律が鳴り響いてやまなかった。実に合理的だ。今すぐにでも実行に移したかった。

とはいえ、実際に動き出すのはなかなか難しかった。

標的にする一家を選定して、警察に捕まらないようにひとりずつ殺していく。相当に高度な計画と技術が必要であり、片手間にできることではなかった。下手を打って逮捕されるようなことは絶対にあってはならない。少年院や刑務所に入れられてしまえば、もうウシワカを極めることができなくなる。

何より、佐神にはあの少女がいた。

彼の中で、彼女への愛はウシワカの情熱と両立していた。いや、少しだけウシワカを凌駕《りょうが》していた。もしも、自分が人を殺せば彼女は哀しむだろう。その想像が佐神の密《ひそ》かな情熱を押しとどめていた。彼はウシワカを追い求めるよりも、彼女のそばにいることを選んだ。何年も。

佐神の少女への思いは泉のように湧き出で続け、時をかけて成熟した。少女の方もそれに応えてくれた。二人は那見で成長し、互いに社会人になった後に結婚した。

所帯を持つと、佐神がウシワカを目指せる見込みはいっそう薄くなった。妻となった彼女が笑顔になれる家庭を保つためには、自分がしっかりと働かなければならなかった。整体院を兼ねた自宅で育った彼女は、仕事人の父を尊敬する一方で、自営業の資金繰りの厳しさも味わっていた。その彼女を心配させてはならないので、大手企業の正社員となって家計の安定に努めた。

彼女が妊娠し、ひとり息子の翔を授かるとますます忙しくなった。佐神は職場の激務をこなす一方で育児にも協力した。我が子はかわいかったが、彼の原動力はあくまでも彼女だった。妻となり母となっても変わらない彼女が愛おしくてならなかったのだ。

結果、佐神のウシワカへの思いは遠ざけられた。日々があまりに慌ただしく過ぎていき、とても壮大な殺害計画を練るどころではなかった。

その状況は、彼女を交通事故で突然失った後も変わらなかった。

凶報を聞いて佐神が病院に駆けつけた時、彼女はまだ息があった。

「翔をお願い」

彼女は最期に夫にこう伝えて、目を閉じた。

以来、最愛の人の遺言を実行することが、佐神の人生になった。働きながら家を掃除し、料理をつくり、ＰＴＡ活動に参加し、男手ひとつで必死に翔を育てた。彼女がそれを望んでいたから。

決してウシワカを忘れたわけではなかった。一家鏖殺の夢は、未完のすばらしい芸術品のように遠く、しかし彼の心に残り続けた。身辺が落ち着いたら、いつかは、と思っていた。もっとも、翔の父親という身分は一生続くので、その「いつか」がくるのかは不明だったが。

しかも、佐神の願望がさらに遠のく事態が発生する。

彼より先に息子の翔が人を殺してしまったのだ。

中学生に成長していた我が子にそうした傾向があるとは夢にも思わなかった。佐神は突然自宅を訪れた警察に聞かされて初めて知った。数年前から殺人願望があった翔は、同じ市内に住む面識のない男性を刃物で殺害したのだという。その後の家宅捜索で、翔の部屋から殺害の様子を詳細に綴ったノートも発見された。

日頃はおとなしい翔の凶行に佐神は驚いたが、心の奥底で納得した。ほかでもない自分の息子なのだから、そういう思考回路を持っていても不思議ではない。

警察に逮捕された翔が「ゴミっぽい人間を殺した」と供述した意味も、佐神にはわかった。被害者の小林恭司という男性は洋食屋を経営しており、先代から譲り受けた前掛けを常につけていたという。彼の生前の写真を佐神は報道で目にしたが、古い前掛けはひどく汚れていた。

息子はきれい好きだった。どうせ誰かを殺すなら汚いものの排除も兼ねようと考えたのだろう。ウシワカに憧れる佐神にはそこのところは特に気にならないのだが、結果的に殺人に向かうところは自分も翔も同じだった。教えたわけでもないのに、親子だな、と妙に感心した。

とはいえ、翔に理解を示すことは社会的に許されない。何だか割り切れないものを胸に抱えつつ、佐神は世間に従うしかなかった。妻の遺言がある以上、罪を犯した翔を守らなければならなかった。息子が後先考えずに殺したのは自分の育て方が悪かったということだろう。

佐神はひたすら周囲に頭を下げ続けた。弁護士に相談して被害者遺族の家に謝罪しにいくなど、少年犯罪の加害者の父親としてできるだけ常識的に振る舞った。それでも当然、世間の非難は収まらなかったので、佐神は職を辞し、母方の実家の養子に入る形で姓を変えた。翔の更生を支えるために、新たに生活基盤を立て直さなければならなかった。その間にも翔に面会にいかなければならないし、裁判はあるしで、とても個人的な夢を追求するどころではなかった。

しかし、小林恭司の殺害から十年後、その事件を引き起こした当の翔によって、ついに佐神の夢は現実性を帯び始めることになる。

八

佐神翔の父親が、どうして。

私は、晴れやかな目をして立ち塞がる男を眺めるしかなかった。彼の掲げる日本刀の切っ先は、間違いなく私を示していた。

なぜ私がこの男に狙われなければならないのか。佐神以上に意味がわからない。被害者遺族としても、職場で挨拶を交わす職員としても、彼の恨みを買うような真似をした覚えはない。誓ってもいい。

いや、そういうものではないのか。

ふっとそんな考えが頭を掠めた。ある意味これは当然の帰結なのではないか。

十年前、我が家に謝罪に訪れた彼は、深く頭を垂れていた。私の父を殺した少年の父親として、それが当然の態度だと思っていた。

しかし、なぜ私は加害者家族が必ず罪の意識に苛まれていると思い込んでいたのだろう。罪を犯した自分の家族の正当性を信じている可能性を考えなかったのだろう。

私達一家は虐げられるべき星の下に生まれた。なぜだかわからないが、そういうことになっている。

では、虐げる星の下に生まれた者も、一家全員がそこに属しているのではないか。加害者の親がまた加害者気質であっても、少しもおかしくない。それは遺伝なのか運命なのか。

私には知りようもない。

「君の妹さんには驚かされたよ」

佐神の父親は言った。世間話をするような調子だった。

「四ヶ月前、小林妃奈さんは私がひとりで暮らしている家に突然やってきたんだ。もちろん、彼女は私が翔の父親だということを知っていて、話があると言った。人目もあるから家に上げると、いきなりスマホで写真を見せてきた。そこに写っていたのは、翔の死体だった」

「えっ」

何の話をされているのかわからない。佐神翔は現在、所在不明なのではなかったか。

「その半年ほど前に出所していた翔は、建設会社に就職して住み込みで働いていた。私は彼とは離れて暮らしていたが、ちょくちょく連絡は取り合っていた。ただ、一週間くらい前に送ったメッセージの返信がなかったことを思い出した。出所後のあの子の様子は落ち着いていたから心配していなかったんだけどね。トラブルを起こすこともないだろうと。だが、妃奈さんの持っていた写真の死体は、間違いなく翔の顔をしていた。彼女が殺したんだそうだ」

まさか。あの妃奈が。

最後に妹に会った時のことを思い出す。彼女は屈託のある口調で、佐神が出所した事実を私に告げた。あの時点ですでに肚は決まっていたのか。ひとりで佐神を殺そうと。信じられない。

「妃奈さん本人の口から殺したと聞いたんだよ。死体を捜しても無駄だ、絶対に上がってこないところに沈めたから、とも言われた。だから私は少年法で守られていた佐神翔と同じように罰せられないと」

嘘だ。私の妹はそんな人間じゃない。

叫ぼうとしたが、口がうまく動かなかった。

「驚いてさすがに言葉がなかった私を、妃奈さんはにやにやしながら見ていた。復讐だったんだろうね。自分のお父さんを殺した翔が許せなかったばかりでなく、その家族にも仕返ししたかった。翔の父親である私に、理不尽に家族を奪われた人間の気持ちを味わわせてやりたかったんだろう」

ようやく出かかった叫びが喉の奥で凍った。

優しかった妃奈。銅森や川喜多といったどん底の状態にある恋人達を真摯に励まし続けた妃奈。成功した銅森に捨てられても恨まず、川喜多に先立たれてもその保険金を全額寄付した妃奈。

一方で、殺された父を誰よりも愛していたのも彼女だった。

私と違って、父のお気に入りだった妃奈は鶏の解体を強いられなかった。厨房の父の横でレモンを搾っているだけでよかった。それは人生の中で最も穏やかで満ち足りた時間だったはずだ。事件さえ起こらなければ、至高の日々は中断されなかった。今の貧困も孤独もなかった。そう考えると、妃奈はたまらなかったのかもしれない。彼女の佐神翔への遺恨は私より数段、根深かったのだ。

長年の恨みは相手への鋭い殺意へと繋がった。それでも、ふつうは実行には至らない。やみくもに殺してすぐに警察に逮捕されてしまうのは馬鹿らしいからだ。うまい証拠隠滅の方法もあるのかもしれないが、素人には窺い知れない。ただ、彼女にはある知識があったのではないか。

妃奈の保険金詐欺疑惑を調べていた際、情報提供をしてくれた金田の証言が思い出される。かつて、筑野バルは多額の経営資金を従業員に持ち逃げされたことがあった。経営者の銅森は死にもの狂いでその従業員を見つけ出し、結果的に最初に失った以上の額を回収できたらしい。

銅森が具体的に何をしたのか、私はあえて聞かなかった。焼け太りのような話の顚末から、きな臭いものを感じたからだ。

たとえば、銅森が資金を持ち逃げした従業員を密かに始末したのではないだろうか。彼を殺害して臓器を売ることなどで資金を回収し、不要になった亡骸を事件化しないように処分した。

そして、それを妃奈は知っていたのではないだろうか。当時、彼女は銅森と交際していたのだから、彼から話を聞いた可能性は十分にある。

妃奈は銅森のやり方を憎き佐神翔に応用したのではないか。世間で行方不明と騒がれているあの男は、もう四ヶ月前に殺されていたのだ。

改めて妃奈の行為を想像して息を詰めていると、

「妃奈さんからいきなり息子の死体を見せられた私の気持ちがわかるだろうか」

佐神の父親の声が降ってきた。

「妻の最期の言葉を守って、私なりにずっと息子を大切に育ててきた。罪を犯そうと成人しようと、一生支えていくつもりだった。その翔が突然、死んでしまった。それを知った時の私の気持ちが、わかるだろうか」

答えようがなかったが、相手も私の答えを求めていないだろう。流れるように彼は続けた。

「自由だと思った」

「……」

「死んだ妻に翔を頼むと言われたから、懸命にやってきた。でもその翔がいなくなったんだ。これからは世話を焼きようがない。私はお役御免で、自由だ。もう何をしてもかまわないんだ。ウシワカだって目指し放題だ」

　佐神の父親は大げさな身振りで日本刀を構え直した。

「思わず妃奈さんの前で踊り出したくなったよ。極端な話、もうこの場で彼女に斬りつけてもかまわないんだ。いや、そんなことをしてはいけない。ウシワカになるためにはちゃんと計画を立てて、人を選んで斬っていかなきゃだめじゃないか……と考えて、また思い直した」

　何を言っているのかわからない。ただ、滔々《とうとう》と語る佐神の父親は実年齢よりずっと若く見えた。きらきら光る彼の目の中には、少年の魂が閉じこめられているようだった。

「考えてみれば、小林妃奈さんのお父さんは、翔が殺していたんじゃないか。それならいっそ、ウシワカになるために小林家を研究したらどうだろうと。一家の骨格を斬って学んで、学んで斬るんだ」

　マスク越しでも彼が口元に笑みを浮かべているのがわかった。

「小林家の家族構成は知っていた。以前、翔の起こした事件を謝罪するために遺族のことは調べていたからね。確か両親と娘二人の四人家族だった。その中でお父さんはすでに殺されているが、幸いにも翔がノートを残している。世間で言われる解体ノートだ。警察に押収される前に私も読んだから、内容はしっかりと頭に入っている。あの子がお父さんを切り刻んだ時の様子が、実に詳細に記録されていたよ。思えば、あれはひとりの人間の骨格が窺える貴重なデータだった。おかげで小林家の骨格のベースはわかっているわけだ。残る家族は三人もいるから、ひとりずつ斬っていけばウシワカの修行にもってこいじゃないか。

心を決めた私は、妃奈さんに飛びかかって、彼女を捕まえた。逃げ出さないように拘束してから、家に置いていた刀を持ってきて斬った」

妃奈はある程度の危険を承知で佐神の父親のもとへ乗り込んでいったはずだ。とはいえ、いきなり襲いかかられてどれほどの恐怖を覚えただろう。

「頭の中でどれだけ計算しても、やっぱり初めはうまくいかないね。刀の切れ味もよくなかった。でも、いい勉強になった。妃奈さんの骨格はお父さんとは違う点がいくつもあった。親から遺伝するといっても、性別や年齢で個人差が出るみたいだね。それに、まだ練習はできる。次は小林家のお母さんだ」

佐神の父親は日本刀から左手を離し、指を繰った。

「妃奈さんを斬った後、私は他人の戸籍を買って、顔も整形して、別人になった。これで佐神翔の父親の足跡を誰も辿れなくなった。翔の方も表向きは消息不明だしね。

妃奈さんが翔の死体を処理してくれたおかげで手間が省けたよ。準備を整えて、刀研ぎもしてから、今度はお母さんを捜し出して斬った。これで微調整ができたという感じだった。お母さんの骨組みを知っておいて損はない。子どもの骨格は父親と母親の両方の要素を受け継ぐものだからね。そうして、時が来るのを待っていた」

何の時を待っていたのか。とても聞けない。今、我が家で残っているのは私しかいない。

「そうだ」

私の心を読んだように佐神の父親が頷いた。

「小林美桜さん、君を斬れる日をだよ。私は小林家の両親と双子の妹を斬った。小林家の骨格を可能な限り研究し尽くしたんだ。その集大成に君を、すぱあん、とやるわけだ。私は君の勤め先を調べて、そこの守衛として雇われた。毎日君に挨拶しながら様子を窺っていたが、なかなかウシワカのチャンスは巡ってこなかった。妃奈さんの疑惑やら私の起こした事件やらで周囲が騒がしかったからね。どうしようかと手を拱《こまね》いていたら、君達の方から飛び込んできてくれた。いや、ありがたいよ」

彼は後ろで倒れている桐宮の方をちらりと顧みた。

「君をやった後に、彼も斬って自殺に見せかけよう。今時ちょっと古いけど、心中事件ということで。君達、並べたらお似合いだよ」

すぐに私に向き直る。

「さあ、始めようか。きっと今度こそウシワカみたいにやれるだろう」

彼は左手を日本刀の柄に添え、狙いを定めるように目を細めた。

私はその場から一歩も動けなかった。

佐神の父親が何を言っているのか、半分も理解できなかった。ただ、相手が自分を殺そうとしていることだけはわかった。私に何の落ち度もないのに。

数秒後にはこの男は私に向かって刀を振るうだろう。避けようにも、すでに背中に壁の冷たさを感じていた。どう考えても活路はない。

私は虫けらのように殺されるのだ。

じわっ、と目頭が熱くなった。

両目からマグマのような粒が次々と流れ落ちていく。

「泣くのはやめてほしいな」

興が削《そ》がれたように、佐神の父親が少し肩を落とした。

「ウシワカの敵はめそめそしないんだよ」

違う。

めそめそしているんじゃない。

哀しいのでも苦しいのでもない。

悔しいのだ。

何で私ばかりがこんな目に遭うのか。何で最後まで佐神親子に虐げられ続けるのか。何で一度たりとも向こう側へ回れないのか。

はっとした。私は自分の本心に初めて気づいた。

ずっと佐神を憎んで恨んでいた。自分の都合で簡単に父を殺し、私の人生を狂わせた彼はおそろしく身勝手だった。

しかし本当は、なれるものなら私も虐げる側の人間になりたかった。気に入らなければ相手を打ち破り、自分を守れる人間に憧れていた。自分も彼のように生きられたら、どれほど気楽に人生を歩めただろう。十年前、彼が父を殺すもっと前に私に同じことができていたら、鶏小屋での地獄の日々を味わわずに済んだのに、と考えたことすらある。きっとそれ以外の点でも我慢を強いられることは少なく、のびのびと生きていけるだろう。

佐神を許せなかったのは、息詰まるほどの憧憬の裏返しだったのだ。私は彼がうらやましかったのだ。ずっと。ずっと。

だが。熱湯のような涙が膜を張って、眼前をぼやけさせる。私は佐神の方へは行けないのだった。私は虐げられる側の人間なのだから。同じ星の下に生まれた両親も妹もすでに殺されてしまった。この運命は変えられない。だから今、悔しいのだ。

「それだと雰囲気出ないなあ」

佐神の声は、弱者を嘲《あざけ》るように高いところから聞こえる気がした。

「敵らしく、もっとこうシュッとしてくれないと」

佐神が私を笑っている。

いや。私は滲んだ視界の中でも考えた。これは佐神翔の声ではない。佐神の父親のものだ。なぜなら佐神翔はすでに生きていない。

ずどん、と頭の中に隕石《いんせき》が落ちた気がした。

そうだ、佐神翔は私の妹が殺したのだった。それも事件が発覚しないように、巧妙なやり口で。

隕石は光りながら私の脳にめり込んでいく。

父を殺した男への復讐は、妃奈にとって楽しい時間だったのではないだろうか。

今、私にはその時の彼女の心の声が聞こえてくるような気がした――**白々と光る刃の先を押しあて、力いっぱい引く。苦痛で捻れる顔を見ながら、もっと、もっとと思った。**

そして、その時の彼女は、ここ十年ほどで私が見たことのない表情を浮かべていたのではないか。

熱い涙が乾き始め、少しずつ前が見えてきた。

私は妃奈を自分の同類だと思っていた。定期的に顔を合わせ、不遇をかこち合っていたからだ。

だが、妃奈の方はそう思っていなかったのかもしれない。冴えない日々を送る私に調子を合わせていただけなのではないか。彼女は自分の仕事のつらさは語っても、途切れることのない交際相手の話はほとんどしなかった。もてない私を哀れんで口を噤んでいたのだ。そうだったに違いない。

なぜなら、佐神翔を殺したという事実は、彼女が虐げる側であることを示すからだ。恨みのある相手とはいえ、この世にふたつとない人の命を一方的に奪ったのだから。

妃奈は本懐を遂げた後まもなくして、今度は彼女自身が佐神の父親に殺されてしまった。だが、それはあくまでも競合の結果であって、初めから虐げられていたのではなかった。

私の心臓はにわかに駆け足になった。急激に喉が渇いてきた。

父だってそうだ。

彼は少年犯罪の不幸な被害者だが、殺される前は私の心を殺し続けていた。親の頼みを断れない子どもの心理を悪用して、営利目的で鶏を解体させていた。虐げる者の行為以外の何ものでもない。私に救いの手を差し伸べなかった母も同類と考えていいだろう。

そして、その猛々《たけだけ》しい血は私にも流れている。私達一家は同じ星の下に生まれたのだから。

子どもの頃、鶏を捌かせられてつらいと思っていた。だが、鶏小屋に飼われていた無数の鶏の方にしてみれば、私が搾取者だったのだ。虐げる者だったのだ。

私は目じりに残っていた涙を拭った。

「そうそう」

顔を上げた私に、佐神の父親がうれしそうな声を上げた。

「ウシワカの敵は泣いたりしないんだ。そこいらの木の枝みたいに、すっと斬られて、ぱあんと散っていくだけなんだ」

日本刀が振り上げられる。すらりとした刀身が光を弾き、それが飛び散ったレモンの果汁のように見えた。

私はグリル那見の看板メニューを思い浮かべた。チキンのレモンソテー。

その提供のために罪のない鶏が解体されるのと同じく、大量のレモンが搾られた。厨房の段ボール箱にぎっしりと詰められていたそれを、父や妃奈や私が力いっぱい握って搾った。レモンは皮ごと潰されて、次々と無意味な残骸と化していった。

教務棟の裏の光景も浮かんだ。そこには一本のレモンの木が植えられていた。枝にはまだ青い実がいくつも生っていた。

己を捥ぎ取ろうとする手が伸びてきても、レモンは無防備に枝にぶら下がっている。初めから搾取される運命のものだから、棘を抜かれ毒も持たずに我が身を晒している。虐げられる人間も同じだ。だから、あっけなくやられてしまう。

だが、レモンを捥ぎ取る手は知っている。何も相手の前でおとなしくしている必要などない。むしろ欲望のままにこちらから先に動き、奪えばいいのだ。

そして、私はレモンを搾る手を持っている。

そのことに気づいた私の心臓は躍動し、全身に熱い血をいき渡らせた。お腹の底からみるみる力が湧いてくる。

日本刀を振りかぶった佐神の父親が迫ってくる。

私はためらわなかった。一度、上体を反らし勢いをつけてから相手に飛び込んだ。同時に、右手をポケットに入れる。中には、そのあとクラブのぬいぐるみから回収したガラス片が入っていた。それを握りしめ、少年のようにきらきら光る目のひとつに突き立てる。

情けない悲鳴が上がり、目の前の紺の制服が大きく跳ねた。ガラスの尖った先がうまく眼球に命中したようだ。がらん、と床の上に長いものが転がった。佐神の父親の手から日本刀が離れたのだ。それを私は見逃さなかった。すばやく拾い上げる。すると、佐神の父親は左目を手で覆いながら、こちらに突っ込んできた。

私は冷静に刃物を振るった。鶏の解体なら数えきれないほどやった。その経験を応用すればいいだけだ。ざくり、ざくりと、相手の肉に刃先が食い込む感触も、顔に飛んでくる血も、大きな鶏のものだと思えば何ともない。

ほどなくして、どさり、と佐神の父親が前のめりに倒れた。それきり、起き上がる様子はない。

荒い息を吐きながら、私は手にした日本刀を下げた。勝った。私が勝った。急に縮んだように見える死体を見下ろしながら考える。

この状況から、私には正当防衛が認められるだろう。全面的に認められなかったとしても、重い罪には問われまい。有罪判決でも執行猶予がつくはずだ。堂々と外を出歩けるだろう。

父、妃奈、母、佐神、そして、佐神の父親。この五人の死を踏み台にして、私は過去と罪から逃れて自由になる。やっとこれから新しい、本物の人生を歩み出せる。

虐げる星の下に生まれた私の前途は明るい。立ちはだかる者は容赦なく握り潰せばいいのだ。そもそも、私には社会で生きていく能力がある。だから、仕事でも人気の大学事務に派遣されたのだ。

私は口元に手をやり、ずっとつけていたマスクを剝ぎ取った。そこに相手の血がべったりとついて、不織布越しに呼吸がしにくかった。何より、直接外の空気を味わいたくなった。

マスクを外すと、ちょうど吹き込んできた夜風で、唇がひんやりとした。その隙間からはみ出した一本だけの前歯にも風があたった。この歯並びを治そう、という考えが閃いた。時間とお金がいくらかかってもいいから、これからきれいに治そう。新鮮な空気を深く吸い込みながら私は決めた。

刊行にあたり、第21回『このミステリーがすごい！』大賞・文庫グランプリ受賞作品「レモンと手」を改題のうえ、加筆修正しました。

この物語はフィクションです。作中に同一の名称があった場合でも、実在する人物・団体等とは一切関係ありません。

第21回『このミステリーがすごい!』大賞（二〇二二年八月二十四日）

本大賞は、ミステリー&エンターテインメント作家の発掘・育成をめざす公募小説新人賞です。

『このミステリーがすごい!』を発行する宝島社が、新しい才能を発掘すべく企画しました。

【大賞】

物語は紫煙の彼方に　小西マサテル
※『名探偵のままでいて』として発刊

【文庫グランプリ】

イックンジュッキの森　美原さつき
※『禁断領域　イックンジュッキの棲む森』として発刊

レモンと手　くわがきあゆ
※『レモンと殺人鬼』として発刊

第21回の受賞作は右記に決定しました。大賞賞金は一二〇〇万円、文庫グランプリは二〇〇万円（均等に配分）です。

●最終候補作品

「龍の卵（ドラゴン・エッグ）」竹鶴　銀
「天の鏡」中村駿季
「レモンと手」くわがきあゆ
「爆ぜる怪人」おぎぬまX
「イックンジュッキの森」美原さつき
「ゴールデンアップル」三日市　零
「物語は紫煙の彼方に」小西マサテル
「夜明けと吐き気」鹿乃縫人

〈解説〉
二転三転四転五転の力業で読者をねじ伏せてくる、一級のサスペンス小説

瀧井朝世（ライター）

主人公は地方の大学職員、小林美桜《こばやしみお》。保険外交員だった妹の妃奈《ひな》が山中で刺殺体となって発見されたところ、ほどなく妃奈が過去に保険金目当ての殺人を犯していたのではないかとの報道があり、美桜は被害者遺族から一転、容疑者の姉となってしまう。妹の無実を証明したい美桜は、協力を申し出てきたジャーナリスト志望の学生、渚丈太郎《なぎさじょうたろう》とともに調べを進めていくことに。

じつは美桜が殺人事件で身内を喪《うしな》うのははじめてではない。十年前、洋食店を営んでいた父親が殺されているのだ。犯人は当時十代だった少年、佐神翔《さがみしょう》で、最近出所したはずだ。今回の事件にも彼がなにかしら関係しているのか――？　意外な事実が次々明かされ、二転三転四転五転の力業で読者をねじ伏せてくる、くわがきあゆの『レモンと殺人鬼』。第二十一

回『このミステリーがすごい！』大賞の文庫グランプリ受賞作品である。書籍化にあたり、応募時タイトルの「レモンと手」から改題した。

最終選考委員として本作を読んだ時、まず文章の巧《うま》さに舌を巻いた。読了後、書き手は二〇二一年に第八回暮らしの小説大賞を受賞してすでにデビューしているプロ作家だと知って納得した。全篇に緊張感をみなぎらせる筆致、伏線のはりめぐらせ方、謎と真相を小出しにするテンポ、状況が変化していくスピード感、回想パートや日記などで視点人物や文体に変化をつけたメリハリなどどれも秀逸で、読者を飽きさせないテクニックに長《た》けている。

特に「おっ」となったのが、美桜の人物造形である。暗い過去を持ち地味に生きてきた女性が、死んだ妹のために健気《けなげ》に奔走する物語……と思わせておいて、途中で彼女の屈折した願望を浮き上がらせて読者をぎょっとさせ、それまでの印象をガラリと変えてしまうのだ。だからこそ、事件の真相だけでなく、真相がわかった時に美桜がどうなるのかという興味もそそる。

美桜の周囲に、適度にさまざまな人物を配置している点も効果的だ。犯人かどうかは別としても、裏になにかありそうな人物は多い。美桜を笑い者にしてきた真凛《まりん》などわかりやすく意地悪な人物もいるが、その真凛の彼氏の渚丈太郎などは、突然美桜に協力を申し出るあたり、一癖ありそうな気もする。妃奈と過去に交際していた銅森《どうもり》や彼の幼馴染《おさななじ》みの金田《かねだ》が疑わしいのはいわずもがな。姉妹の過去がわかるパートにしても、たびたび店の前に佇《たたず》んでいた蓮《れん》という少年にもなにか秘密がありそうだ（ついでにいえば、故人なので犯人ではないのは明らかだが、娘に鶏《とり》を絞めさせる父親はどうかしていると思う）。また、美桜に裏表があることから、善人に見える人物も、「この人もなにか裏があるんじゃないだろうか」と勘ぐってしまう。職場での様子や学童クラブの手伝いなど、調査とは無関係に思える美桜の日常生活もなにか本筋に関わってきそうな予感を抱かせ、誰が犯人かはもちろん、何がどこでどう接点を持つのか、読み手の関心を持続させるのだ。まさに一級のサスペンス小説である。

こうした作品において読者をハラハラさせ、驚かせるためには、単純に話を二転三転させればよい、というわけではない。後出しじゃんけんのように唐突などんでん返しは、かえって鼻白んでしまう。その点、本作の場合、終盤の驚きに向かってじつに周到に準備がなされている。なにより、なかなか理解しがたい願望や動機、情動を持っている人物が複数登場するものの、それらが話の進行上の都合で作られた感、つまり〝とってつけた〟感がないのが素晴らしい。「物語の展開のためにこういう人物を作った」というよりも、「こういう人物がいた場合、どういうことが起きるか」という視点から話が構築されている印象がある。常識では理解しがたい心理を持つ人物でも、本人のなかでちゃんと行動原理に整合性がとれているように描かれているのだ。実際、人間の心の奥底には不可解で不可思議な欲望や感情が潜んでいるのは確かなことであるゆえ、本書で「こんな人いないだろう」と思わせる人物についても、次第に「いや、世の中にはこういう人もいるのではないか」という気になってくる。それくらい、人物がしっかりと造形されている。そしてだからこそ、結末に向かって疾走していく終盤のとんでもない展開にも、説得力があるのだ。

また、痛快なのは、虐げられ、コンプレックスを持ち続けて生きてきた女性が、だんだん強さを獲得していくところだろう。屈折した性格の彼女にその先どんな将来が待っているのかはわからないけれど、ここまで突き抜けてくれると、もはや爽快な解放感すらわきあがってくる。


著者のくわがきあゆは、一九八七年生まれ。京都府京都市出身、京都市在住だ。京都府立大学では文学部文学科で国文学中国文学を専攻、国文学（大岡政談《おおおかせいだん》）と中国文学（龍図公案《りゅうとこうあん》）の比較研究をしていたという。ただし、本人いわく「現在中国語で憶《おぼ》えているのは『你好《ニーハオ》』くらい」とのこと。現在は高校で国語教師をしている。

本作については、オチ（犯人の正体）を最初に思いつき、その日の晩のうちに頭の中で大筋が出来上がったという。「あらゆる『あかん人（＝ヤバイ人）』を登場させてみようと思いました」とは本人の弁。個人的には渚が気に入っているが、「そう言うと危ない人だと思われそうなので誰にも言っていませんでした」、とも（すみません、誰にも言っていないというのにここでバラしました）。

また、作中でたびたび言及される「ウシワカ」についてはモデルがいるのだとか。執筆当時、時代小説にはまっていたそうで、「『レモンと殺人鬼』を書いていた頃は辻堂魁《つじどうかい》の『風の市兵衛』シリーズを読んでいました。主人公市兵衛は凄腕《すごうで》の剣術使いの侍で、格好いいなあと思ったので、勝手にイメージを拝借しました。イチベエイチベエ……の旋律に近いものを考えてウシワカにしました。辻堂さん、私たちのヒーロー市兵衛を気持ち悪い妄想にしてしまってごめんなさい」とのこと。

小学生の頃には作家になりたいと思い、物語を書き始めたという。本格的に投稿するようになったのは大学卒業後から。最初は特にジャンルを定めず、思いついたものを順々に書いていたが、サスペンスタッチの作品で某新人賞の最終選考に残ったため、以降十年ほどはサスペンスを書き続けた。そうしているうちに、ミステリ方向に振れる作品がぽつぽつと自然発生したという。「方向性を決めた後に、自分が読んでいる小説はミステリばかりであることに気づきました。ミステリが好きなので逆に無意識に避けていたのでしょうか……」という。ちなみに好きな作家は、相場英雄《あいばひでお》、貫井徳郎《ぬくいとくろう》、薬丸岳《やくまるがく》、下村敦史《しもむらあつし》、笹本稜平《ささもとりょうへい》。また、十代の終り頃に乙一《おついち》の小説を読んで衝撃を受けており、「その影響は今も自分の中に残っていると思います」。

二〇二一年、『焼けた釘《くぎ》』で第八回暮らしの小説大賞を受賞し、産業編集センターから刊行した。地方都市・斜岡《はすおか》で働く千秋《ちあき》は地元である出入野《いづいるの》に帰省した際、後輩の萌香《もか》に偶然再会、彼女がストーカー被害に遭っていると聞く。その数日後、萌香は刺殺体となって発見されるのだった。犯人を突き止めようと決心した千秋は、出入野に足を運んでは、萌香が通っていた大学や行きつけの喫茶店などを訪れ、ストーカーの正体を突き止めようとする。その過程が描かれる一方で、上司のパワハラに苦しみつつ、会社の先輩男性に思いを寄せる杏《あん》という女性のパートが挿入されていき、ふたりの物語が意外なところで接点を持つ。この作品でも登場人物たちのいびつな動機や感情が徐々に明かされ、それゆえ千秋の調査もままならず、さらには巧妙な伏線で読者を圧倒する。

翌二〇二二年には『初めて会う人』を刊行（産業編集センター）。こちらは巻頭の「序」で、ある殺人事件の容疑者（名前は明かされない）が取り調べで、完全黙秘を続ける状況が描かれた後、本編に入る作り。会社の先輩に憧れるうちに、服装から言動まで彼を完全コピーするようになっていく男性、他者を傷つける言動を繰り返しながらも本人はその自覚はない自信家の女性、彼女に何度も告白し、すがるように従い続ける男……こちらもまた、傍《はた》からみればいびつな性格の人間が続々登場する。巧妙な構成で読者を牽引《けんいん》し、そしてやはり驚愕の真相が待ち受けている。

この『初めて会う人』を刊行した年に、『レモンと殺人鬼』で文庫グランプリを受賞したわけだ。『このミス』大賞には過去にも応募歴があり、「次回作に期待」と一次選考通過を一度ずつ経験しているというので、着実に腕を磨いての文庫グランプリ受賞だといえる。今後の目標としては、「食べていける作家になりたいです」。

本書を含め商業出版された作品はどれも残酷な事件や登場人物の異常ともいえる心理が盛り込まれているが、三作読んで個人的に抱いた印象は、ギリギリのところで品が保たれている、ということだ。殺人や暴力、サイコパスな人間を描いたとしても、執拗《しつよう》にグロテスクに描写して生理的嫌悪感で刺激を与えようとしてはいないのだ。もちろんグロテスクな描写がすべてダメだというわけではないが、そうした書き方に頼らなくても、十分に刺激的な物語世界を構築できるところが、この書き手の強みでもある。

この先、小説にスリルと驚きを求める読者にとって、くわがきあゆは間違いなく、新刊が出たら真っ先に買いたくなる作家となるだろう。

二〇二三年三月

宝島社
文庫

レモンと殺人鬼
（れもんとさつじんき）

2023年４月20日　第１刷発行
2024年11月23日　第14刷発行

著　者　くわがきあゆ
発行人　関川 誠
発行所　株式会社 宝島社
〒102-8388　東京都千代田区一番町25番地
電話：営業 03(3234)4621／編集 03(3239)0599
https://tkj.jp
印刷・製本　中央精版印刷株式会社

ISBN 978-4-299-04167-8